W0239435

aufbau taschenbuch
AUFBAU VERLAGSGRUPPE

Barbara Frischmuth wurde 1941 in Altaussee (Steiermark) geboren. Sie studierte Türkisch, Ungarisch und von 1964 bis 1967 Orientalistik und ist seitdem freie Schriftstellerin. Seit einigen Jahren lebt sie wieder in Altaussee.

Nach ihrem von der Kritik hochgelobten Debüt *Die Klosterschule* (1968) und dem Roman *Das Verschwinden des Schattens in der Sonne* (1973) wurde sie vor allem mit der zauberhaften und verspielten Sternwieser-Trilogie (1976–1979) bekannt, der die Demeter-Trilogie (1986–1990) folgte.

Neben Erzählungsbänden wie *Hexenherz* (1994), Hör- und Fernsehspielen, Essays und Kinderbüchern erschienen zuletzt die Romane *Die Schrift des Freundes* (1998), *Die Entschlüsselung* (2001) und *Der Sommer, in dem Anna verschwunden war* (2004) sowie die literarischen Gartentagebücher *Fingerkraut und Feenhandschuh* (1999) und *Löwenmaul und Irisschwert* (2003).

»*Hexenherz* ist eine kurzweilige, doppelbödige Geschichtensammlung, die Menschen (und Katzen) in und außerhalb von Familien vorstellt: Es geht um Singles und Pärchen, verquere Beziehungen, Witwen, Junggesellen und Scheidungsopfer. Unaufdringlich verknüpft ein kunstvoll arrangiertes Netz von Themen und Motiven die Geschichten miteinander. Auf diese Weise wird intelligent und voller Überraschungen von den verborgenen Geheimnissen des menschlichen Herzens – nicht nur des weiblichen, hexenhaften – erzählt und gezeigt, was die Herzen verbindet.«

Gerald Chapple, Hamilton, Ontario

Barbara Frischmuth

Hexenherz

Erzählungen

Aufbau Taschenbuch Verlag

ISBN 978-3-7466-2308-5

Aufbau Taschenbuch ist eine Marke der Aufbau Verlagsgruppe GmbH

1. Auflage 2007
© Aufbau Verlagsgruppe GmbH, Berlin 2007
Zuerst erschienen 1994 im Residenz Verlag Salzburg und Wien
Umschlaggestaltung Dagmar & Torsten Lemme, Berlin
unter Verwendung eines Fotos von getty images
Druck und Binden C. H. Beck, Nördlingen
Printed in Germany

www.aufbau-taschenbuch.de

Inhalt

Grundwasserfisch

Sie hatte ein Haus in Pflege genommen, für die beiden Sommermonate, in denen die Besitzer ans Meer fuhren. Ein modernes Haus, das auch schon in einer Architekturzeitschrift abgebildet und besprochen worden war, funktionell, mit viel Holz und viel Glas, bereits in seinem dritten Jahr in den Garten eingewachsen. Man hatte die Hanglage berücksichtigt und den alten Baumbestand mit einbezogen. Wilder Wein rankte an den naturbelassenen Holzstreben hoch, und an der Terrasse wucherte Geißblatt.

Die Idee war ihr an einem jener trüben Spätwintermorgen gekommen, die sie von der Welt nichts als das Dach des gegenüberliegenden fünfstöckigen Hauses sehen ließen. Und als sie das Fenster einen Spaltbreit geöffnet hatte, schien ihr, als sei selbst die Luft mit kleinen Talgpartikeln durchsetzt, die sie träge dahinfließen machten, bevor sie einem endgültig mit all ihren groben Einschlüssen die Lungen verstopfte. Und während sie mit angehaltenem Atem das Fenster wieder schloß, geschah es, daß auf jenem gegenüberliegenden Dach, auf dem sonst nur Tauben und Dohlen saßen, eine Ente landete, wahrscheinlich notlandete, vom eigenen Gewicht oder von dem der Luft herabgedrückt, und so wie sie aufgekommen war und zu rutschen begonnen hatte – die gespreizten Schwimmfüße wirkten wie Kufen –, wäre sie hilflos abgerutscht und in die Tiefe gestürzt, hätte das dünne Schneegitter am Ende des

Daches sie nicht aufgefangen. Der Ente, einem buntgefiederten, fetten Erpel, wohl aus dem nahen Stadtpark, war die Erleichterung anzusehen, und da er auch in einer solchen Situation nicht wirklich stillzuhalten vermochte, fing er gleich wieder damit an, das Fett aus den Bürzeldrüsen über sein Federkleid zu verteilen, um für den nächsten Flugversuch wenigstens äußerlich gerüstet zu sein.

Sie war in ihr Bett zurückgekrochen, und während sie mit hochgezogener Decke, auf dem Bauch liegend, das Gesicht ins Kopfkissen preßte, bewirkte das Bild jenes hilflos abrutschenden Entenvogels eine Sehnsucht nach »draußen« in ihr, die alle anderen Regungen überflügelte.

Es half nichts, sich klein zu machen, in jener von Schneematsch und Eiswasser verschlierten Stadt, deren gifthaltige Ausdünstungen sich wie Rauch aus den Kanaldeckeln zwängten. Es gab kein Sich-Verstecken mehr vor dem Wunsch, der sie wie der Schatten eines Hundes bis in die enge, bei jedem Stockwerk knirschende Liftkabine hinein verfolgte, und wenn sie endlich in ihrer winzigen Abstellraumwohnung – sie war aus einer ehemaligen Waschküche mit Bügelkammer entstanden – ankam, sprang er auf ihren Schoß, in ihren Kopf, und sie bleckte die Zähne, wenn sie daran dachte, was sie wohl alles anstellen würde müssen, um ihn sich zu erfüllen.

»Getrieben von einer Vorstellung«, schrieb sie in das kleine linierte Buch, das sie immer bei sich trug, trotz der Angst, daß es sie einmal verraten würde, und buchstabierte ihren Wunsch ins reine. Sie vermied das Wort Gier, wo es sich vermeiden ließ, bekannte sich aber zu einer merklichen Heftigkeit im Wollen. Es war nicht Besitz, wonach sie hungerte, sondern ein ihr noch unbekanntes Lebensgefühl. »Sich vorkommen wie«, war der Schlüssel zu den ihr eigensten Dingen. Im

Grunde wußte sie um die Endlichkeit solchen Gefühls, das war eines – es zu erleben ein anderes.

Sie hatte den Winter damit verbracht, sich als arbeitslos zu fühlen, wissend, daß eine geringe Anstrengung ihrerseits sie in einen anderen Gefühlszustand versetzen konnte. Aber sie brauchte Zeit, Zeit um nachzudenken, über sich und die Arbeitslosigkeit und die Arbeitslosigkeit an sich. Ihre Gefühlslage war dem Umstand der Arbeitslosigkeit angepaßt. »Ich verlöre den Sinn für Zeit«, notierte sie Mitte Februar, »wenn da nicht der bestimmte Tag wäre, an dem ich mir Geld holen kann.« Es war nicht viel, aber sie hatte gelernt, mit banalen Erfordernissen wie Essen, Trinken, Sich-Kleiden, Wohnen wirtschaftlich umzugehen. »Ein kluger Kopf«, hatte sie der Psychologin in der Berufsberatung erklärt, »erspart nicht nur überflüssige Handgriffe, sondern auch eine Menge Geld.« Sie war trickreich im Veranstalten ihrer Lebensumstände und erfinderisch, wenn der Wunsch sie einmal auf eine Fährte gesetzt hatte. Es war zwei Jahre her, daß sie sich als die Freundin eines Betrügers vorgekommen war, sagen wir es deutlicher, eines Ganoven, der auch vor Handgreiflichkeiten, was das Eigentum anderer anging, nicht zurückschreckte. Es war eine Zeit rascher Entschlüsse und häufigen Wohnungswechsels gewesen, ihr wurden Kleider gekauft, und sie gewöhnte sich daran, zum Essen ins Restaurant zu gehen. Aber das war, wie gesagt, zwei Jahre her und in einer anderen Stadt gewesen. Die sie in aller Stille verlassen hatte, als ihre Liebe erkaltet war. Von da an fühlte sie sich wie auf der Flucht.

Es war nicht Wildnis, wonach sie sich nun sehnte, sondern eher eine Art Eden, gepflegt, üppig, überschaubar. Sie durchstreifte das Frühjahr über die verschiedenen Villenvororte, gestattete so ihrem Wunsch, sich auf Besonderheiten festzulegen, Einzelheiten zu planen.

Anfang Mai ließ sie eine Anzeige in die Lokalzeitung setzen. »Betreue Haus mit Garten während der Urlaubszeit. Falls nötig, können Referenzen beigebracht werden.« Das klang bescheiden, seriös, auf jeden Fall vertrauenerweckend. Sollte tatsächlich jemand in die angekündigten Referenzen Einsicht nehmen wollen, nun, sie hatte sich nicht vergebens eine Zeitlang als die Gefährtin eines Ganoven gefühlt. Es schien ihr ein leichtes, die Sache zu bewerkstelligen, ja, sie sogar, im Falle äußersten Mißtrauens, telefonisch absichern zu lassen.

Etwa zwei Wochen lang geschah nichts. Dann, als sie bereits in einer anderen Zeitung annoncieren wollte, erhielt sie innerhalb weniger Tage mehrere Anrufe, so als habe man sich ihre Anzeige ausgeschnitten, sie aber noch überschlafen, überdenken und mit dem Partner durchsprechen wollen. Sie ließ sich Zeit, erklärte jeder einzelnen Anruferin – merkwürdigerweise waren es immer die Frauen, die anriefen –, daß sie persönlich vorbeikommen würde, und ließ gleichzeitig das mehrfache Interesse an ihrer Dienstleistung durchblicken. Sie genoß diese Zeit des Inspizierens und Gustierens und wandte vor allem den Gärten volles Augenmerk zu.

Mit ihrer Beaufsichtigungsidee hatte sie den Leuten etwas in den Kopf gesetzt, das sie nun auch haben wollten, und einige jener Inhaberinnen von zauberischen Gärten begannen geradezu darum zu buhlen, daß sie sich ausschließlich ihres Reiches annahm.

»Ein Haus wie dieses allein zu lassen, und sei es auch nur für ein paar Wochen, bedeutet geradezu, es lichtscheuen Elementen anzudienen. Sie glauben gar nicht, wie sehr sich die

Einbruchsrate hier in der Gegend während der letzten Jahre erhöht hat. Man kommt aus dem Süden zurück und findet ein leer geräumtes Haus vor, in dem auch noch Vandalen gewütet haben«, sagte die Eignerin einer kleinen weißen Villa, in deren Garten sich sogar ein Swimmingpool befand. Und der Mann fügte hinzu: »Die Meinungen der Leute bestehen nur aus Klischees. Hat einer einen Swimmingpool, muß er entsprechend reich sein, denken sie. Ich bitte Sie, was heißt heute schon reich?«

Es stellte sich heraus, daß das Wasser während der Zeit, in der die Besitzer nicht da waren, ausgelassen bleiben sollte. Es rentiere sich nicht, die ganze Veranstaltung mit Pumpen und Wasserklärung einer einzigen Person wegen in Gang zu halten. Außerdem gefiel ihr der Garten nicht sonderlich. »Einfallslos«, notierte sie, »dabei ließe sich etwas daraus machen. Die Lichtverhältnisse sind gut, und da ist eine schöne alte Hecke, wahrscheinlich von den Vorbesitzern.« Sie versprach, sich noch einmal zu melden, wenn sie sich entschieden hätte. Man verstand aber auch so, und sie hakte diese Adresse guten Gewissens ab.

Es war wie Sich-Verlieben gewesen. Schon beim Gartentor kamen ihr die ersten Blüten der Apfelrosen durch den Zaun entgegen, und als sie mit dem Rocksaum die Blätter der an den Treppenrändern in Tontöpfen ausgesetzten Duftpelargonien streifte, stieg eine zimtene Wolke auf, die sie die Nasenlöcher weiten ließ.

Ihr war sofort klar, daß es dieses Haus und dieser Garten sein würden. Die Frau des Hauses, kaum älter als sie selber, kam ihr, ein Kind an der Hand, eines auf dem Arm – es handelte sich offenbar um Zwillinge –, die Treppe herunter entgegen, reichte ihr statt der eigenen die Hand des Kindes und rief: »Ach, Sie sind das, sagt guten Tag, ihr beiden.« Sie hatten einander erleichtert angelächelt, froh darüber, daß sie sich gegenseitig so sympathisch fanden. Und während sie gemeinsam nach oben gingen, verständigten sich die Kinder miteinander, indem sie sich ununterbrochen »guten Tag, Frau Schlag!« zuschrien.

Vor der Haustür setzte die Frau das Kind, das eigentlich schon zu groß war, um getragen zu werden, ab und sagte: »Geht zur Sandkiste!«, während sie dem zweiten Kind ihre Hand entzog. Blitzartig stoben die beiden davon, als wäre ein geheimer Mechanismus in Kraft getreten, der die beiden Körper durch eine Schaltstelle miteinander verband.

Sie bekam eine Tasse Kaffee, ein Stück Obstkuchen und erfuhr, daß man am liebsten hierbleiben würde im Urlaub, aber die Kinder hätten das Jahr über zu oft Bronchitis gehabt, der Arzt habe Salzwasser und Meeresluft zur Kräftigung ihrer Lungen verordnet, und so fahre man notgedrungen mit ihnen nach Griechenland.

»Sie studieren wohl noch?« Es klang ein bißchen neidisch, und sie nickte, ohne weiters drauf einzugehen. Was sollte sie sich auch mit einer Hausfrau über den Stand ihres Studiums unterhalten. Zumindest glaubte die Frau des Hauses, es so sehen zu müssen.

Sie gingen zuerst durchs Haus. Sie sollte im Gästezimmer wohnen können und die Waschmaschine benützen dürfen, wenn es sein mußte. Auch die Küche stehe ihr zur Verfügung, der Fernseher ebenfalls. Nur den Videorecorder solle sie besser in Ruhe lassen. Ihr Mann habe lange genug gebraucht, bis er ihn endlich bedienen habe können, jetzt sei es ihm lieber, wenn nur er daran herumdrehe.

Sie gingen durch den Garten. Aus der Sandkiste kam eine Puddingform geflogen, die gegen eine Beeteinfassung knallte und feuchten Sand auf den Weg spie. Die Pflanzen unter dem Dachvorsprung müßten regelmäßig gegossen werden, auch wenn es regnete, und die frei stehenden Hortensien hießen zu deutsch »Die Wasserschlürferinnen«, also bitte: »Nicht vergessen!« Und sie möge ihre Kontonummer dalassen. Ihr Mann würde die Hälfte der telefonisch vereinbarten Summe noch vor der Abreise überweisen. Die zweite Hälfte bekomme sie dann nach ihrer Rückkehr. »Einverstanden?« Sie nickte nur obenhin, um ihre Zustimmung nicht überdeutlich werden zu lassen. Es war tatsächlich wie Sich-Verlieben gewesen. Und sie haderte mit ihrem Schicksal als Haus- und Gartenbesitzerin, das noch ganze eineinhalb Monate auf sich warten lassen würde.

Auch diese Zeit verging. Sie war noch zweimal hingegangen, einmal, um die ganzen Wasseranschlüsse und Sicherungen gezeigt und erklärt zu bekommen, aber es war wohl eher so, daß auch der Mann sie sich ansehen wollte, und ein anderes Mal, um sämtliche Schlüssel in Empfang zu nehmen. Und bei einer dieser Gelegenheiten war dann wohl das Wort Grundwasser gefallen, doch sie konnte sich nicht und nicht erinnern, in welchem Zusammenhang.

In der ersten Nacht, die sie in dem Haus verbrachte, regnete es. Ihr Bett stand mit dem Kopfende unter der Dachschräge, und sie hörte das Glucksen in der Dachrinne so laut, als führe die Dachrinne unmittelbar durch ihren Kopf. Dennoch schlief sie ein und erwachte spät am Morgen mit dem Gefühl einer Ertrinkenden, die sich mit letzter Kraft gegen die sonnenhelle Wasseroberfläche hin abgestoßen hat.

Vor einigen Tagen war noch ein Brief an sie aus jener

anderen Stadt gekommen, ihr Aufenthalt war also bekannt geworden. Sie war froh, nun für zwei Monate eine andere Bleibe zu haben. Ihre Wohnung hatte sie abgeschlossen und alles Nötige mitgenommen, und zur Hausmeisterin hatte sie gesagt, daß sie auf Urlaub fahre.

Es regnete nicht mehr, aber es blieb bedeckt und schwül. Noch vor dem Frühstück ging sie den Garten ab. Die Bewegungen, mit denen sie an welken Blättern zupfte oder Ranken in eine andere Richtung bog, glichen denen einer Landnahme.

Sie holte sich das Frühstück auf den überdachten Teil der Terrasse hinaus und schaute einem Meisenpaar zu, das sein Nest im Geißblatt hatte und unaufhörlich seine Jungen fütterte. Die Kleinen standen kurz davor, flügge zu werden, und zirpten bereits ziemlich lautstark nach Futter.

Der Geschmack des Kaffees breitete sich in ihrem ganzen Körper aus, und sie fühlte sich sicher. Der Garten schien ihr über die Regennacht noch grüner geworden zu sein, die Straße war ihrem Blick gänzlich entzogen und die Grenze zu den Nachbargrundstücken durch Hecken und Büsche abgedeckt, die nur an wenigen Stellen ein Stückchen Nachbargarten freigaben.

Ob das Grundwasser durch den heftigen Regen gestiegen war? Sie hörte sich selber ein kleines, spitzes Lachen ausstoßen. Sie würde später in dem zwölfbändigen Lexikon nachschauen, das sie im Wohnzimmer hatte stehen sehen. Es war ihr schon beim letzten Mal aufgefallen, sie hatte selber auch so eines, in dem sie laufend nachschlug. Es gab so wenige Menschen, die sie fragen konnte.

Ein zierlicher grau-weiß-schwarzer Vogel mit langem wippendem Schwanz stocherte mit dem Schnabel in der Wiese, versorgte sich offenbar selber, bevor er mit einem langen

Wurm aufflog – wie sie zu beobachten meinte, aus dem Garten hinaus – und nach wenigen Minuten wiederkam und weiterstocherte. Wie ein Tänzer, der sich aufwärmt. Sie konnte den Blick nicht von ihm wenden, eine ganze Weile nicht. Und als sie dann doch auf die Butter achthatte, die sie sich auf das letzte Stück Brot schmierte, geschah es. Sie hatte keine Ahnung, woher die große schwarz-weiße Halbangora-Katze gekommen war, die sich nun mit dem Todesschreie ausstoßenden eleganten Vogel durch die Hecke in den Nachbargarten zwängte. Wahrscheinlich war sie längst in einem der Büsche gesessen und hatte – wie sie – dem Wippen des Vogels zugeschaut. Sie wäre dem Vogel gerne zu Hilfe gekommen, doch ein altes Gebot, sich nicht in die Freßgewohnheiten anderer zu mischen, lähmte sie und hielt sie bei ihrem eigenen Frühstück fest. Aber in ihrem Herzen fand tiefes Erschrecken statt.

»Kleidsam«, notierte sie, »sehr figurbetont und kleidsam.« Sie stand im Schlafzimmer und probierte gerade eine locker fallende Rohseidenbluse mit weichem Kragen und dazu einen schmalen Rock aus bedrucktem Samt. Die Türen des Schrankes bildeten eine Spiegelwand, und wenn sie die linke äußere und die rechte äußere Tür öffnete, konnte sie sich von allen Seiten sehen. Auch hatte sie das Haar hochgesteckt und sah nun dem Bild auf der Bettseite des Mannes ziemlich ähnlich. Nur die Schuhe paßten ihr nicht. Sie hatte kleinere Füße und trug gerne mittelhohe Absätze, während dies hier meist flache Ballerinen-Schuhe waren. »Logisch«, notierte sie und hielt den zweiten Arm so, als kauere eines der Kinder darin, »bei den kleinen Kletteraffen, die sich ständig schleppen lassen, sind flache Schuhe viel angenehmer.«

Als sie den Kühlschrank öffnete, kam ihr zu Bewußtsein,

daß sie demnächst aus dem Haus mußte, wenn sie nicht hungern wollte. Merkwürdig, daß sie daran nicht gedacht hatte. Die Vorstellung mißfiel ihr sehr, aus dem Schutz dieses Hauses, dieses Gartens hinaus auf die Straße und die Straße entlanggehen zu müssen, bis zur nächsten Kreuzung, an der sich, wenn sie sich recht erinnerte, ein Lebensmittelgeschäft befand. Ein, zwei Tage würde sie den Besorgungsgang noch hinauszögern können, wenn sie Spaghetti mit Salbei, der in großen Polstern im Garten wuchs, aß, länger wohl nicht mehr. Sie überlegte, ob sie gleich in der Früh oder kurz vor Ladenschluß einkaufen sollte. In der Früh war sicher besser. Die Häuser hier sahen so aus, als seien ihre Bewohner keine Frühaufsteher. Sie würde sich eben den Wecker stellen.

Als sie nachmittags in einem Liegestuhl auf der Terrasse las, bemerkte sie wieder einen der wippenden Vögel, der im Gras stocherte. Eine Bachstelze, sie hatte inzwischen nachgesehen. Der Vogel blieb lange und ging die Wiese immer wieder auf und ab, so als suche er etwas. »Vielleicht«, notierte sie, »ist es das Männchen, das nach dem verschwundenen Weibchen sucht.« Der Vogel hatte es anscheinend aufgegeben, seine Jungen zu füttern, denn er flog nicht weg. Wahrscheinlich wußte er, daß er es alleine nicht schaffen würde, und hatte aufgegeben. Ein leichter Wind kam auf, und ein purpurfarbener Fingerhut, der sich aus einem der Staudenbeete beugte, wippte im gleichen Rhythmus mit. Oder die Katze hatte das Nest entdeckt und auch die Jungen gefressen.

Sie war gerade die Beete abgegangen, um zu sehen, wieviel Unkraut über Nacht nachgewachsen war und ob es genügen würde, mit der Kanne zu gießen, oder ob sie den viel umständlicheren Schlauch würde benützen müssen, als eine Stimme aus dem Nachbargarten zu ihr drang, durch eine der wenigen schütteren Stellen, wo offenbar im letzten Winter ein Sommerflieder so weit zurückgefroren war, daß er sich nicht mehr erholt hatte. Vielleicht wollte man ihm für das nächste Frühjahr noch eine Chance geben, jedenfalls war er noch nicht ersetzt worden.

»Guten Morgen!« Die Stimme gehörte einer etwa fünfzigjährigen, etwas dicklichen Frau in einem Kleid, das ebenso schwarz-weiß gemustert war wie das Fell der Halbangora-Katze. Sie war zusammengezuckt und wartete dann einen Augenblick, bis sie den Kopf hob.

»Sie sind wohl die Studentin?«

Sie nickte ein wenig obenhin, nicht bereit, viel Aufhebens davon zu machen, und fügte dann mit einem unterspielenden Schürzen der Lippen hinzu: »Ich hüte das Haus.«

»Sind Sie verwandt mit Eveline?«

Und als sie so unbestimmt nickte, daß nicht einmal der neugierige Blick der Frau aus dem anderen Garten etwas daraus machen konnte, stellte diese ein wenig anzüglich fest: »Sie haben wohl denselben Morgenmantel wie Eveline. Ein reizendes Modell, wo haben Sie es nur gekauft?«

Sie zögerte einen Augenblick, starrte auf die flachen Pantoffeln, die sie übergestreift hatte, und begegnete den Verdächtigungen so gekonnt, daß der Augenschein außer Kraft gesetzt wurde.

»KaDeWe, Berlin«, sie flüsterte mehr, als daß sie es sagte. »Ein Symposium, letzten Herbst ...« Damit hatte sie sich gewissermaßen festgelegt, aber es war dies die einzige größere Stadt außer dieser, in der sie sich auskannte.

»Kaufhaus des Westens?« Die Stimme der schwarz-weiß gemusterten Frau legte Schmelz zu. »Ein Erlebnis. Das muß man gesehen haben. Ein Erlebnis ...«

Sie nickte abweisend, ohne irgend etwas hinzuzufügen. Als Studentin brauchte sie sich wohl nicht weiter über Kaufhäuser auszulassen.

»Kommen Sie doch einmal zum Kaffee herüber …« Die andere befand sich bereits auf dem Rückzug. »Sie müssen wissen, ich lebe allein und vermisse Eveline und die Kinder.«

»Bei Gelegenheit«, hauchte sie, um den normalen Klang ihrer Stimme nicht noch mehr zu verraten, ging zurück ins Haus und stellte sich unter die Dusche.

»Er redete mit dem Vieh, den Vögeln und den Fischen …« Sie nahm das Buch vom Nachtkästchen an der Frauenseite des Ehebettes und blätterte darin. Sie war all die Gartenzeitschriften, Pflanzen- und Vogelbücher des Hauses längst durch. »Fische, Fische …?« Der kleine Teich am Ende des Gartens war beinah zugewachsen, so daß sie gar nicht hatte sehen können, ob er Fische enthielt. »Wahrscheinlich nicht«, notierte sie, »eher bloß Kröten. Aber da war doch was mit Fisch …«

Es klingelte am Gartentor, lang und anhaltend, und ihr schien, als mache das Haus einen Ruck, so als würde es mit großer Anstrengung ein winziges Stück in die Höhe gestemmt, und als es wieder in seine ursprüngliche Lage zurückfiel, glaubte sie, das Grundwasser plätschern zu hören. Sie rührte sich nicht, zog den Kopf ein, um auch dem Schatten Verrat unmöglich zu machen. Und so blieb sie, langsam jene unüberwindliche Angst ausschwitzend, bis sie sicher sein konnte, daß da niemand mehr war.

Von weitem sah der in den Briefkasten geklemmte, geknickte und leicht aufgebogene Teil eines Briefumschlags aus wie eine Schwanzflosse, und sie beobachtete ihn lange von einem vor Blicken geschützten Versteck auf der Terrasse aus, verborgen hinter einer großen, stark duftenden Engelstrompete. Es gab einen Postnachsendeauftrag für Griechenland, wieso kam da überhaupt etwas? Hatte die Nachbarin sie am Ende erkannt?

Der allein zurückgebliebene Vogel war so zutraulich geworden, daß er sogar über die Terrasse wippte, bis einen Fußbreit vor sie hin.

»Wie unvorsichtig«, notierte sie, »diese Art Einsamkeit macht unvorsichtig.«

Sie war nicht unvorsichtig gewesen. Dennoch war da ein Brief für sie eingeworfen worden. Daß der Brief für sie war, konnte sie ihm von weitem ansehen. Sie würde noch eine Stunde warten und ihn dann zu sich ins Haus holen. Was immer dieser Brief bedeuten mochte, sie würde das Haus nicht im Stich lassen. Ein Haus in Pflege zu nehmen bedeutete schließlich etwas. Wenn Gefahr drohte, würde sie sich in ihm verkriechen, in seine untersten Ausbuchtungen. Ihr fiel ein, daß sie noch nie im Keller gewesen war, in jenem zweiten Keller, der sich unter dem Vorratskeller befand. Sie würde sich in jenen zweiten Keller zurückziehen, ganz tief nach unten, bis knapp über den ... Da tat das Haus wieder jenen kaum merklichen Ruck, und ihre Lippen formten, ohne daß sie es gleich bemerkte, mehrmals das Wort Grundwasserfisch. Als sie endlich hörte, was sie sagte, nahm sie einen Anlauf und rannte zum Briefkasten, riß den Umschlag an sich und lief schnell wieder zum Haus zurück. Vergebens. Sie begriff, daß sie das Haus genau so lange allein gelassen hatte, wie ein anderer brauchte, um in es hineinzugelangen.

Lebensgeschichte

Sie stand in der Tür und lächelte gewinnend. »Ich erzähle dir meine Geschichte. Du wirst dich wundern, was ich alles erlebt habe. Es wäre doch schade, wenn es niemand erfährt.« Sie schlüpfte an mir vorbei und holte die Hausschuhe aus ihrer Tasche. »Ich bin zu Fuß gekommen, da bleibt Dreck hängen, auch wenn man sich die Füße noch so gut abkratzt.« Larifari. Mit dem Schuheabputzen hätte sie nur riskiert, daß ich sie vielleicht doch nicht hereingelassen hätte.

Ihre Erdhörnchenaugen funkelten vor Erinnerung. »Als du klein warst, bist du auf meinem Schoß gesessen. Du warst sehr klein«, fügte sie hinzu. Sie ging mir gerade bis zum Halsansatz. »Ich war bei einer deiner Kinderfrauen zu Besuch, und da habe ich dir eine Geschichte erzählt. Du konntest schon damals nicht genug kriegen. Bist auf meinem Schoß gesessen und hast gebettelt: weiter, weiter!«

Sie hielt bereits vor der Wohnzimmertür. »Was stehst du denn noch im Vorhaus? Außer mir kommt keiner.« Das war eine kühne Behauptung. Woher wollte sie denn wissen, daß mich niemand außer ihr besuchen würde? Ich konnte mich nicht daran erinnern, sie je gesehen zu haben.

Sie antwortete auf meinen verstörten Blick. »Ich bin die Dittl aus Untersee. Du warst damals winzig.« Sie deutete mit der Hand eine Höhe knapp über dem Boden an.

»Wann war das?« Meine Frage mußte sich wie ein Stöhnen

angehört haben, denn sie legte für einen Augenblick den Kopf schief, als wolle sie sich vergewissern, daß es mir gut ging. »Wann wohl? Du warst sehr klein, so klein bleibt man nicht lange. Wie alt bist du jetzt?« Sie schaute mir aufmerksam ins Gesicht. »Na also. Es ist mindestens fünfzig Jahre her, und ich war damals ...« Sie überlegte kurz. »Was willst du, ich bin vierundachtzig.« Lächelnd strich sie sich übers doch schon ein wenig schüttere Haar. »Hättest du nicht gedacht, was?«

Ich staunte in der Tat und machte ebenfalls einen Schritt in Richtung Wohnzimmer. Das schien sie als Aufforderung zu nehmen und drückte die Klinke nieder. »Oh«, sagte sie, »du hast aber große Polstermöbel.«

»Ich liege lieber, anstatt zu sitzen.« Irgendwann mußte ich mich auch zu etwas bequemen. Ich konnte nicht alles ihr überlassen, das war unhöflich.

»Zum Liegen hat man ein Bett.« Sie setzte sich auf eines der geschwungenen Elemente der Garnitur und wippte damit. »Die Federung ist in Ordnung.« Sie ließ ihre Finger über das Gewebe laufen. »Gute Qualität, das schon. Nur die Farben. Die Farben wären mir zu lebhaft. Du mußt wissen ...« Offensichtlich hatte sie den Faden verloren.

Ich mußte einen neuen Anlauf nehmen, über meine Sitzgruppe ließ ich nichts kommen. Schon gar nicht über die Farben. Es war immer dasselbe. Erst zeigten sich alle befremdet, und dann machten sie keinerlei Anstalten, je wieder davon herunterzusteigen. Einzelne Elemente waren geschwungen, damit man Platz für die Beine hatte. Man saß viel zu gemütlich. Insgeheim bereute ich die Anschaffung schon, sosehr ich mein Sofa liebte.

»Was muß ich wissen?«

Aber inzwischen war sie draufgekommen, was es mit der

Sitzgruppe auf sich hatte. Sie holte ihre Beinchen neben sich und zog anstandshalber den Rock über die Knie. »Entschuldige, aber ich bin den ganzen Weg von Untersee nach Obersee auf diesen meinen Füßen gekommen, ich muß gut zu ihnen sein.« Sie strich sich über die Waden und massierte dann ihren Vorderfuß, rieb den spitzen großen Zeh, der sich unter dem braunen Kunstseidengewebe abzeichnete. Die Strümpfe saßen ziemlich locker und machten vorne am Knöchel ein paar Falten. Sie hätte Kindergröße tragen müssen, aber Strümpfe dieser Art werden von Kindern nicht getragen.

»Was darf ich Ihnen anbieten?« Ich fragte, weil sich das gehört. Niemand war noch auf meinem Sofa gesessen, dem ich diese Frage nicht gestellt hätte. Sie schaute mich aus kleinen Augen groß an. »Du wirst doch nicht Sie zu mir sagen. Wo du doch auf meinem Schoß gesessen bist, als du klein warst.« Dann überlegte sie einen Moment. »Was hast du denn anzubieten?«

»Sherry, Mineralwasser, Hollersaft ...«

Sie hatte wieder den Kopf schief gelegt. »Selbst angesetzt, der Hollersaft?«

Ich nickte, obwohl mir klar war, daß ich das besser nicht zugegeben hätte.

»Dann möchte ich ihn kosten.« Sie traute mir diesbezüglich wohl nicht viel zu. Ich verschwand in Richtung Küche. Jetzt drohte mir nicht nur eine Lebensgeschichte, sondern auch noch eine Auseinandersetzung über die Zubereitung von Hollersaft. Dieser Nachmittag fing an, mir zu entgleiten. Ich holte die Sirupflasche aus dem Kühlschrank und ließ den Wasserhahn laufen.

Da schlüpfte sie unter meinem Arm hindurch und drehte das Wasser ab. »Sparen!« rief sie mit erhobenem Zeigefinger, der doch schon ein wenig zittrig war. »Wir haben zwar bei uns noch genug davon, aber das ist kein Grund, es zu vergeuden.«

»Ich wollte doch nur, daß es kalt und frisch ist.« Ich drehte den Hahn wieder auf und ließ Wasser in den Sirup laufen, bis das Glas voll war.

»Du brauchst dich nicht zu entschuldigen, ich weiß, daß du es gut gemeint hast.« Sie nahm mir das Glas aus der Hand und trank es in einem Zug leer. »Ahhh!« machte sie. »Und nun an die Arbeit!«

Sie stellte das Glas in den Abwasch und ging voraus.

»Hast du etwas, womit du mich aufnehmen kannst?«

Ich schüttelte den Kopf, in der Hoffnung, daß das für sie ein Grund wäre, die Sitzung abzubrechen.

»Kannst du wenigstens stenographieren?«

Ich schüttelte noch heftiger den Kopf. Stenographieren gehörte zu den wenigen Fertigkeiten, die ich mit Fleiß verlernt hatte.

»Dann wird uns nichts anderes übrigbleiben, als daß du mitschreibst, was ich dir aus meinem Leben erzähle.«

Ich hätte gerne gefragt, warum uns, beziehungsweise mir, nichts anderes übrigbleiben würde, aber die Sache war schon zu weit gediehen, und jeder Widerspruch von meiner Seite würde sie nur noch mehr in die Länge ziehen. Ich nahm also Block und Drehbleistift und setzte mich dergestalt, daß sie nicht unmittelbar sehen konnte, was ich schrieb.

»Und wenn wir alles unter Dach und Fach haben«, sagte sie, »dann veröffentlichen wir es.«

Diesmal war es an mir, zu lächeln. Wie stellte sie sich das vor? In jedem Leben ereignet sich etwas, aber ob das jemand wissen will, ist eine andere Sache. Sie hatte keine Rolle in der Geschichte gespielt, die Geschichte hatte ihr höchstens mitgespielt. Also lag es an mir, und ob mich ihr Leben interessierte.

»O Gott«, sagte sie, »was ich alles erlebt habe. Mir schwindelt, wenn ich der Vergangenheit in den Rachen blicke.« Wieder zitterte ihre Hand ein bißchen, als sie so das Kinn damit stützte, wobei sie den Ellbogen mit der anderen Hand festhielt. »Wir nennen keine Namen«, erklärte sie, »außer meinem natürlich. Ich möchte in diesem Leben nicht noch einmal angezeigt werden, verstehst du? Ich war lange genug Leiterin vom Altenheim, um zu wissen, was einem alles blühen kann.« Jetzt zitterte auch ihr Mund ein wenig.

»Soll ich die Personen numerieren?« Ich stellte mich absichtlich so an, um ihr die Lust am Herumkommandieren zu nehmen.

»Es genügt, wenn du sie mit dem Anfangsbuchstaben bezeichnest, damit man sich auskennt, wer wer ist.«

»Du kannst mir deine Geschichte ja gleich so erzählen. Zum Beispiel: O. bin ich vor sechsundsiebzig Jahren zum ersten Mal begegnet, als er auf Urlaub nach Untersee kam.«

»Wer ist O.?« Sie schaute mich mit aufgerissenen Augen an. »Und vor sechsundsiebzig Jahren war ich noch gar nicht in Untersee.«

»Ich sagte ja auch nur, zum Beispiel ... Daß du mir deine Geschichte eben gleich mit Anfangsbuchstaben erzählen kannst.«

»Kann ich nicht.« Sie wehrte mit den Händen ab. »Erzählen kann ich nur mit den ganzen Namen. Du schreibst dann die Anfangsbuchstaben hin.«

»Dazu muß ich mir ein Verzeichnis anlegen.«

»Ein Verzeichnis? Ich dachte, du bist eine Schriftstellerin und keine Gemeindebedienstete.«

»Ich muß mir eine Liste machen, auf einem Extrazettel, damit wir mit den Namen und Anfangsbuchstaben nicht durcheinandergeraten.« Jetzt sagte auch ich schon wir. Auf was hatte ich mich da eingelassen? Innerlich drohte ich ihr. Wenn du glaubst, mich mit irgendwelchen Fisimatenten bei der Stange halten zu können, wirst du mich kennenlernen.

»Wo fangen wir an?« Sachlichkeit ist immer ein gutes Mittel, Abläufe zu verkürzen.

»Bei meiner Geburt natürlich.«

Ich schrieb Ort und Datum auf. »Und dann?«

»Weißt du, wann ich zum letzten Mal mit einer Puppe gespielt habe?« Sie sah mich an, als sei das eine Aufgabe, die ich zu lösen hätte. Ich zuckte gefühllos die Achseln.

»Mit neun!« Ich malte einen Neuner aufs Papier. Später würde ich mich schon erinnern, was er bedeutete. Sie stutzte. »Hast du das? Mit einer Puppe!« Ich schrieb in Klammer Puppe dazu, um sie zu beschwichtigen.

»Ich mußte damals schon arbeiten. Bei den Bauern. Kühe hüten, Kannen tragen. Für ein Häferl Magermilch und trockenes Brot. Als Arbeiterkind mußte ich das.« Sie wackelte ein wenig mit dem Kopf. »Kann ich noch ein Glas Hollersaft haben?«

»Aber gern.« Ich stand auf und hoffte, daß sie auch diesmal meinen Hollersaft nur trinken und nichts dazu bemerken würde. Es kursierten mehrere Rezepte in der Gegend, und es haftete ihnen derselbe Bekenntnischarakter an wie dem Ende, an dem man sein Ei aufschlug.

Aber als ich mit dem frisch gefüllten Glas zurückkam, war sie schon wieder so in ihre Lebensgeschichte verstrickt, daß sie es achtlos zur Seite stellte.

»Du kannst dir nicht vorstellen, wie das damals war. Wir

sind mit fünfundsiebzig Schafen auf die Alm hinauf. Da war ich zwölf. Die fünfzehnjährige Tochter des Bauern und ich. Ein starkes Mädel, aber faul. Die schweren Sachen mußte alle ich tragen. Eines Tages überhob ich mich. Netzbruch. Die Bäurin glaubte, es käme von den unreifen Äpfeln, die ich heimlich gegessen hätte. Aber das Fieber stieg und stieg. Mein Onkel kam und trug mich ins Tal. Wir fuhren mit dem Zug ins Bezirkskrankenhaus. Da wäre ich beinah gestorben während der Operation. Von da an mußte ich nach der Schule nur mehr aufräumen gehen, schließlich brauchte ich Schuhe. Dann kam das Kindsen, als ich nicht mehr weiterlernen durfte. Kindsen war lange mein Hauptberuf.« Sie trank nun doch einen Schluck. Für einen Augenblick dachte ich, sie würde das Gesicht verziehen, aber da redete sie schon weiter.

»Wenn du wüßtest, wer alles auf meinem Schoß gesessen ist.« Sie verrieb den Wasserrand, der sich auf der Tischplatte gebildet hatte. »Eines von den Kindern, so ein Wiener Lockenfritz, hat mir später das Leben gerettet. 1938. Du verstehst?!« Sie nahm die Brille ab, und für einen Augenblick trübte sich ihr Blick. »Ich saß in der Wohnung von Frau« – H. notierte ich – »am Modenapark und ging die Liste der Haushaltsgegenstände durch, Geschirr, Stickereien, Besteck, altes Silber und so fort, die ich der Spedition übergeben hatte. Da kam so eine Nazi-Bande durch die Tür und versuchte, mir Angst zu machen. Lauter junge Burschen, die herumschrien. Wer mir das Recht gegeben habe, die Wohnung dieser Saujüdin auszuräumen. Dafür müsse ich büßen. Die hätten mich umgebracht. Aber einer von denen war dieser Lockenfritz, der« – ich schrieb K. und zeichnete ein paar Locken dazu –, »der erkannte mich wieder. Weißt du«, ihre Erdhörnchenaugen triumphierten, »was er gesagt hat? Das ist meine liebste Kinderfrau gewesen. Ich lasse nicht zu, daß wir der etwas tun. Meine liebste Kinderfrau. Er hat sich nicht geniert vor den anderen Burschen. Daraufhin sind sie abmarschiert. Bis spät in die Nacht hatte ich noch Herzklopfen. Und obwohl der Spediteur meinte, es sei nicht sicher, ob noch etwas ankommt in Paris, hat Frau H. zumindest die Möbel und das Geschirr gekriegt. Nur die teuren Spitzen und das Silber sind gestohlen worden.«

Sie stieg kurz vom Sofa und holte sich die Tasche, die sie auf den Boden gestellt hatte, an einen Platz, wo sie sie vom Sofa aus nicht erreichen konnte. Das Taschentuch war gebügelt und gefaltet, und sie wischte sich die Nase damit, während sie auf das Sofa zurückkletterte.

»Wenn ich mehr über diesen Lockenfritz erzählen soll, mußt du es sagen.«

Ich versuchte, mir vorzustellen, wie klein dieser lockenfritzige Nazi-Scherge einmal gewesen sein mußte, damit er auf dem Schoß von Dittl aus Untersee Platz gefunden hatte.

»Ich war bei einem Schmied in Dienst. Der Lockenfritz war nur sein Neffe, aber er war oft bei uns, weil seine Mutter eine Wäscherei leitete. Von der habe ich gelernt, wie man Spitzeneinsätze bügelt. Ich mußte für den Schmied und seine Gesellen kochen, und nachts schlief ich auf einem Küchenklappbett.« Sie schaute mich mit hochgezogenen Brauen an. »Gib zu, du weißt auch nicht mehr, was das ist!«

Ich gab es zu und zeichnete eine Holzplatte, die tagsüber bei Bedarf als Nudelbrett diente oder an Ketten zur Decke hochgezogen wurde.

»Also, auf so etwas schlief ich in der Küche. Aber was am schlimmsten war«, sie beugte sich zu mir und wurde leiser und leiser, als dürfte niemand Unbefugter sie hören, »am schlimmsten war dieser Hund, den der Schmied sich hielt. Ein Riesenvieh. Und immer wenn ich«, sie wurde noch eine Spur leiser, »na, du weißt schon, wenn ich meine Tage hatte, sprang er mich an. Von hinten. Er muß es gerochen haben.« Sie verdrehte die Augen. »Und die Gesellen lachten. Und wie sie lachten, diese Schmiedegesellen. Nur der Meister schrie, Karo, Platz! Und nach dem Essen nahm er den Hund in die Werkstatt mit, damit ich nicht mit ihm allein bleiben mußte. Er war fast so groß wie ich, dieser Hund.«

Sie schüttelte sich und holte einen Packen Papiere aus der Tasche. Alte Fotos und, fein säuberlich aneinandergeheftet, ihre Zeugnisse. Das Hundezeugnis war von der Schmiedemeistersgattin, die damals schon schwer krank war, ausgestellt worden. *Verläßt gesund und lohnbefriedigt unser Haus. Am 6. 10. 1930.*

Das waren ja wirkliche Dokumente. Dittl breitete alles auf dem Tisch aus und deutete plötzlich auf ein Kinderfoto von sich. »Der einzige Mensch, der mich zeitlebens geschmerzt hat, war meine Mutter. Die schlechten Zeiten haben sie hart gemacht. Weißt du, was das einzige war, was sie am Bahnhof zu mir sagte, als ich damals von Untersee nach Wien gefahren bin? Daß du mir halt ja keinen Bankert heimbringst!«

»Und, hast du?« fragte ich mit dem scheinheiligen Gleichmut der Chronistin.

Sie warf mir einen Blick zu, als wolle sie sagen, das geht dich gar nichts an, überlegte es sich aber und meinte ein wenig spitz: »Das ist eine andere Geschichte, die ist viel später passiert. Das schreiben wir erst, wenn wir in den vierziger Jahren sind. Außerdem haben mir die im Spital gesagt, daß ich, mit all meinen Narben im Bauch, niemals ein Kind bekomme.«

Sie tätschelte eine der alten Fotografien mit einem jungen Mann im Ruderboot. »Mein Egon!« flüsterte sie. »Das war mein lieber, guter Egon.« Dann küßte sie das kleine Schwarzweißfoto. »Aber der kommt auch erst später. Am Anfang, ganz am Anfang in Wien war ich bei Frau B. Die war Jüdin und hatte ein Geschäft für Brautausstattung, Babywäsche und Innendekoration, in der Annagasse. Ich bekam fünfundvierzig Schilling im Monat. Von meinem ersten Gehalt schickte ich die Hälfte meiner Mutter, um die andere Hälfte kaufte ich mir beim Trödler einen Mantel im Fischgrätenmuster. Fünfundvierzig Schilling, das war mehr, als ich je in der Hand gehabt hatte. Nur das Kind war ein Fratz, aber wahrscheinlich hat die Mutter es ihm vorgesagt. Eines Tages lief mir der Bub mit einem Tischmesser nach und schrie, er brauche mir gar nicht zu folgen, ich sei nämlich ein Unterseer Trampel. Da war ich beleidigt und habe gekündigt. Obwohl es mir bei Frau B. ansonsten gut ging. Aber das habe ich mir nicht gefallen lassen.«

Ich hatte den Buben mit dem Messer aufgezeichnet und dazu Unterseer Trampel geschrieben. Irgendwie schaffte sie es doch, auf die letzte Seite meines Blocks zu spähen, bevor ich umblätterte. »Schreibst du überhaupt mit? Ich habe das Gefühl, du kritzelst nur. Ich will dir ja nicht dreinreden ...«

»Ich habe eine bildliche Phantasie«, sagte ich, »manchmal kommen die richtigen Worte erst später. Da ist es gut, wenn ich ein paar Zeichnungen als Gedächtnisstütze habe.« Sie rückte ein wenig näher. »Laß sehen!« Ich hielt die Hand über den Block. »So gut sind sie auch wieder nicht, daß ich sie Außenstehenden zeigen möchte.«

»Was heißt Außenstehende? Es ist mein Leben, was wir beide da aufschreiben. Los, zeig her!«

Ich schlug den Block zu. »Berufsgeheimnis. Wenn du möchtest, daß wir weiter an deinen Erinnerungen arbeiten, überläßt du es mir, welche Methode ich dabei anwende.«

Es mußte sich angehört haben wie ein Knurren, denn sie lenkte ein. »Ich versteh es ja. Ich habe mein Leben lang gebastelt, und wenn ich bastle, mag ich es auch nicht, wenn mir jemand über die Schulter schaut. Da fällt mir ein, ich habe dir etwas mitgebracht. Für deine Mühe!«

Ich wehrte ab. »Bloß nicht!«

Aber sie hatte schon in ihrer Tasche zu kramen begonnen und kam mit zwei kleinen Stoffsträußchen zum Vorschein. »Eins für hier unten und eins für oben.« Sie legte sie vor mich hin, und ich betrachtete sie ausführlich. »Du sollst mir nichts mitbringen.«

»Nicht der Rede wert. Hauptsache, es gefällt dir.«

»Wo hast du das gelernt, dieses Basteln?«

Sie lachte. »Da kommst du nie drauf. Von unserer H.«

»H. haben wir schon«, sagte ich nach einem Blick auf mein Verzeichnis.

»Das macht nichts. Helene ist sowieso nur der Vorname. Weißt du, wie viele Helenen es gibt?«

»Und wer war diese eure Helene?«

»So weit sind wir noch lange nicht. Aber wenn du schon fragst, das war die Jüdin, die wir versteckt hatten, der Herr Sz., zu dem ich nach der Frau H. gekommen bin, und ich. Das war Anfang neununddreißig. Sie wußten, daß man der Dittl trauen kann. Die Helene hat früher ein Geschäft für Tiroler Andenkenwaren gehabt, am Hohen Markt. Die konnte alles. Und zeitlang war ihr auch. Sie durfte ja kaum aus dem Haus. Aber hin und wieder haben wir uns etwas getraut. Wir haben uns die gleichen Dirndlkleider genäht und ein Hakenkreuz angesteckt. So sind wir im Wienerwald spazierengegangen. Die Leute im Haus wußten nicht, daß die Helene bei uns wohnte, und die, die es wußten, wußten nicht, daß sie eine Jüdin war. Ausgeschaut hat sie nicht danach. Die Helene hat mir alles beigebracht.«

»Und was ist aus ihr geworden?«

»Aus der Helene? Ich weiß es nicht. 1944 hat sie mich noch einmal in Untersee besucht. Da habe ich im Alpenhof, der dann abgebrannt ist, als Köchin gearbeitet.«

»1944? In Untersee?«

»In Untersee. Da kannte sie niemand. Wahrscheinlich hat sie auch falsche Papiere gehabt. Und Herr Sz., bei dem sie die ganze Zeit gewohnt hat, wartete in der Nähe. Sie kam, um mir zu sagen, daß Herr Sz. mich noch immer heiraten würde, mitsamt meinem Buben. Aber da hatte ich schon wieder einen dicken Bauch, und der, der ihn mir gemacht hat, hatte schon das Aufgebot bestellt. Ich mußte nächtelang weinen. Da sah ich die Helene zum letzten Mal. Ich habe nichts mehr von ihr gehört, auch nicht von Herrn Sz., bis ich Jahrzehnte später wieder einmal auf den Hochkönig kam. Aber auch da konnte ich nicht viel fragen, da ja mein Mann dabei war. Wir sind früher oft gemeinsam auf dem Hochkönig gewesen, Herr Sz., die Helene und ich. Meine Tochter ist fünfundvierzig auf die Welt gekommen, aber so weit sind wir noch nicht. Ich glaube, wir gehen es besser der Reihe nach an. Wo bin ich stehengeblieben?« Ihr Blick war auf einmal wie leer, und ich dachte, sie müsse furchtbar müde sein. Immerhin war sie vierundachtzig und den ganzen Weg nach Obersee zu Fuß gekommen.

»Eure Helene interessiert mich. Was wohl aus ihr geworden sein mag?« Ich hegte die schlimmsten Befürchtungen.

»Das möchte ich auch wissen.« Dittl wühlte in den Fotos, bis sie die von Helene gefunden hatte. Auf den Bildern wirkte das Helenengesicht heiter und gütig. Ein helles Gesicht, ohne den Schatten böser Vorausahnung. Eine Frau Mitte vierzig in einem gestrickten Trachtenjäckchen. Einmal auf einer Wiese, ein andermal vor einer Hütte auf dem Hochkönig. »Da möchte ich noch einmal hin, auf den Hochkönig.« Dittl zeigte auf das Hüttenschild Arthurhaus 1. »Dieser Hüttenwirt«, sie klopfte mit dem Finger auf das Foto, »dieser Hüttenwirt hat den Herrn Sz. und die Helene gekannt. Vielleicht weiß der noch mehr. Ich bin erst vor kurzem draufgekommen. Mein Sohn war mit dem Enkel dieses Hüttenwirts im selben Spitalszimmer in Salzburg, und irgendwie hat sich herausgestellt, daß der Herr Sz. dort öfter gewohnt hat. Dann hat die Mutter dieses Enkels, die am Telefon immer so freundlich ist, sich eingeschaltet, und wir haben uns, als wir unsere Söhne im Spital besuchten, kennengelernt. Sie hat gesagt, ich soll einmal kommen, solange ihr Vater noch lebt, der kann mir vielleicht etwas sagen. Jetzt warte ich, bis mein Sohn ganz gesund ist, damit wir auf den Hochkönig fahren können, du verstehst?«

»Was war dein Herr Sz. denn von Beruf?«

»Er und sein Bruder haben einen Eisenhandel en gros gehabt. Die haben im Krieg gut verdient. Da wurde viel Eisen gebraucht.«

Ich wollte meine Mitschrift durch das Verfertigen kleiner Stammbäume, die ich mit aufeinander verweisenden Pfeilen versah, verständlicher machen, aber so ganz war ich noch nicht dahintergekommen, wie alles zusammenhing.

»Ist dieser Hochkönig deine einzige Spur?«

»Ja. Und wenn mein Sohn und der Enkel von dem Hüttenwirt nicht zufällig in demselben Zimmer gelegen wären, und die Mutter von diesem Enkel und ich uns nicht zufällig dort getroffen hätten, und dabei nicht zufällig die Rede auf die Hütte auf dem Hochkönig gekommen wäre, dann wüßte ich nicht einmal, daß der Herr Sz. vor sechs Jahren gestorben ist, im Salzburgischen, wo er sich ein Haus gebaut hat, ganz im ländlichen Stil. Und er hat erst fünfundfünfzig wieder geheiratet. Elf Jahre nachdem er damals mit der Helene in Untersee gewesen ist. So lange hat er mich nicht vergessen können.« Ihr Blick sank tief nach innen, und ich zeichnete das ländliche Haus von dem Herrn Sz., im Salzburgischen.

Plötzlich schaute sie auf die Uhr, und da bemerkte ich erst, daß ihre Nägel lackiert waren. Sie war meinem Blick gefolgt und lachte verschmitzt. »Da staunst du, was? Ich schaue halt auf mich. Auch im Alter hat man Verpflichtungen.«

Offensichtlich hatte sie inzwischen wieder vergessen, wie spät es war, denn sie schaute noch einmal auf die Uhr. »Wenn ich in fünf Minuten losmarschiere, erreiche ich ihn noch. Zurück fahre ich nämlich mit dem Bus.«

Sie streifte ihre Zeugnisse und die Fotos zusammen. Obenauf war eines in Postkartengröße zu liegen gekommen, auf dem ich eine Wiener Gemeinderätin, die längst in Pension ist, erkannte und den ehemaligen Bürgermeister von Untersee. »Da habe ich die Afritsch-Medaille für die fünfzigjährige Zugehörigkeit zur Sozialistischen Partei bekommen.« Sie strahlte. »Ich bin nämlich eine Eingefleischte.« Ihr Gesicht verdüsterte sich. »Als wir noch im Ennstal lebten, mußten wir Kinder die Zeitschrift ›Arbeiterwille‹ austragen. Da haben uns die Bürgerkinder ›Saubrut! Arbeitergesindel!‹ nachgeschrien. Das ist die Wahrheit!«

Sie war vom Sofa gerutscht und sah sich noch einmal genau im Wohnzimmer um. Dann nahm sie die Fotos und die

Zeugnisse, steckte sie in den Umschlag zurück und legte ihn auf die Fensterbank. »Hier liegt er gut bis zum nächsten Mal. Weit sind wir ja nicht gerade gekommen.«

Ich brachte sie zur Tür und wartete, bis sie in ihre Stiefel gefunden hatte. »Morgen komme ich wieder!«

Ich räusperte mich. »Morgen geht nicht, da habe ich eine anderweitige Verpflichtung.« Je förmlicher, desto glaubwürdiger, dachte ich.

»Dann komme ich übermorgen.« Und damit war sie endgültig fort.

Die anderweitige Verpflichtung kostete mich genau zweieinhalb Stunden. So rasch war ich noch nie mit einer Glosse zu Rande gekommen. Aber es ließ sich nichts mehr daran herumkorrigieren, wenn ich nicht wollte, daß das Ganze vor Übergenauigkeit in sich zusammenfiel. Ich tippte den Text noch einmal. Er war nun sozusagen makellos, zumindest in meinen Augen. Und trug ihn zur Post.

Auf dem Heimweg fing es wieder zu regnen an. Es regnete schon seit Tagen, also konnte im Garten nichts getan werden. Natürlich hatte ich zu tun. Der Tag, an dem ich sagen könnte, ich hätte nichts zu tun, würde erst noch kommen müssen, obwohl ich überzeugt war, daß er nie kommen würde. Es war aber so, daß ich nicht immer tat, was ich zu tun gehabt hätte. Im Gegenteil.

Ich warf mich auf mein Sofa und überlegte, ob ich überhaupt etwas tun sollte. Schon näherte ich mich jener gefährlichen Stimmung, in der es völlig gleichgültig zu sein schien, was ich tat, oder ob ich überhaupt etwas tat. Genausogut könnte ich jetzt mit Dittl aus Untersee hier sitzen. Sie würde aus ihrem Leben erzählen, ich würde zuhören und brauchte mir nicht den Kopf darüber zu zerbrechen, wer ihr lieber, guter Egon gewesen war, oder was es mit der Wohnung von Frau H. am Modenapark für eine Bewandtnis hatte.

Nicht zu vergessen den Bankert, der mit solcher Verspätung, aber doch, in ihrem Leben erschienen war.

Auch wußte ich nicht wohin mit den Sträußchen. Sie irritierten mich, wie sie da noch immer auf dem Tisch lagen, wie ausgesetzt. Mahnmale, zum Gedenken an ihre Schöpferin. Jetzt fing ich auch noch zu spinnen an.

Verdrossen hingen die Wasserschnüre vom Himmel, und wenn der Regen zwischendurch wieder heftiger wurde, klang es, als prallten die Melkstrahlen eines überirdischen Euters auf das Dach des Hauses. Ich wollte etwas tun. Eine ganze Menge wollte ich tun. Darum war ich auch allein ins Sommerhaus gekommen. Um so ungestört wie möglich zu arbeiten. Und wenn es schon nichts mit dem Schreiben werden sollte, brauchte ich nur den Arm auszustrecken, um an ganze Stöße von ausgesuchten, zur Lektüre vorbereiteten Artikeln aus diversen Zeitschriften zu stoßen, von den Büchern ganz zu schweigen, die ich in einem Extrakoffer mitgebracht hatte.

Ich lag, und so wie ich lag, lag ich nicht gut. Also setzte ich mich wieder und griff nach dem großen gelben Umschlag, der sich noch immer auf der Fensterbank befand, wo Dittl ihn hingelegt hatte. Mich interessieren Lebensgeschichten nicht von Haus aus. Nach Möglichkeit gehe ich ihnen aus dem Weg. Aber wenn ich einmal ein paar Sätze zu hören bekomme, muß ich wissen, wie alles zusammenhängt. Vierundachtzig Jahre. Da passiert vieles, auch wenn man nicht an der vordersten Front des Weltgeschehens steht. Allein die Zeit, die sich inzwischen mehrmals um sich selbst gedreht hat.

Ich legte die Fotos auf. Die meisten waren von dieser

Helene. Helene in einem paspoilierten Leinenkostüm, wie sie einen Foxterrier füttert. Helene im Liegestuhl vor dem Arthurhaus 1, einmal lächelnd, einmal kritisch blickend, einmal mit geschlossenen Augen, zurückgelehnt, wie schlafend. Einmal auf der Wiese liegend, hinter sich einen Mann. War das der Herr Sz.? Und hatte Dittl nicht gesagt, daß Herr Sz. sich von seiner eigenen jüdischen Frau hat scheiden lassen, die wiederum von einem seiner Freunde versteckt wurde? So ergab sich eine Frage aus der anderen.

Ein Foto von Egon. *Wien, 1. Jänner 1932. Zur Erinnerung an manch schöne Stunde von Deinem Dich liebenden Egon.* 1. Jänner 1932. Wo hatte Dittl da gearbeitet? Ich blätterte die Zeugnisse durch. *Ich bestätige hiemit, daß Frl. Edith Danner, geboren am 5. X. 1909 in Stein a. d. Enns, von 21. X. 1930 bis zum heutigen Tag als Köchin für Alles in meinen Diensten stand. Dieselbe hat sich als treu, fleißig und ehrlich erwiesen und verläßt ihren Posten auf eigenen Wunsch. Wien, am 30. 6. 1932. Annie H., Wien I. Bartensteingasse 16.*

Annie H.? Dann muß es zwei Frau H. gegeben haben. Noch eine vom Modenapark.

Die Zeugnisse waren weniger chronologisch als ihrem Format nach gebündelt. Ich stieß auf ein kleineres Blatt mit zwei österreichischen Stempelmarken zu je fünfundzwanzig Groschen, aus dem Jahr vierunddreißig, in der rechten oberen Ecke. Ausgestellt in Paris, am 17. 10. 38.

Bestätige, daß Frl. Dittl Danner am 17. Mai 35 bei mir als Hausgehilfin eingetreten ist und bis nun in meinen Diensten stand. Nur die Verhältnisse (ich mußte diesen Satz noch einmal lesen, aus der Sicht der neunziger Jahre). *Nur die Verhältnisse zwingen mich sie aus meinen Diensten zu entlassen. Ich kann nur das Aller beste in jeder Hinsicht über sie aussagen. Sie ist treu, überaus fleißig, ehrlich wie Gold, eine wahre Stütze und eine gute Freundin. Jeder der sie kennt, muß sie schätzen und gerne haben. Ich wünsche ihr auf ihrem ferneren Lebensweg das Glück, das sie reichlich verdient. Zu jeder weiteren Auskunft bin ich jederzeit bereit. Paris, Rue de Conde 10. Royal Conde, Emmy H.*

Es gab zwei Fotos dieser Frau, mit hochgestecktem dunklem Haar und einem großen weißen Spitzenkragen – K. u. K. Hof-Atelier Pietzner –, das andere eine private Aufnahme. Dieselbe Frau, mit hochgeschlossener weißer Bluse, über der linken Schulter einen Silberfuchs, an die Armlehne eines Fauteuils geschmiegt, in dem ein Mann sitzt, der Ähnlichkeit mit Hugo von Hofmannsthal hat und melancholisch in die Kamera schaut. Ob es sich dabei um Annie oder um Emmy H. handelt?

Mein erster Gedanke war, Dittl in Untersee anzurufen. Aber das kam nicht in Frage. So rasch durfte ich nicht klein beigeben. Und gewiß hieß sie jetzt anders. Das Aufgebot aus dem Jahr 1944. Zu mir hatte sie nur gesagt: »Ich bin die Dittl aus Untersee.« Wenn sie anderntags nicht kam, war ich in einer dummen Lage. Was heißt dumm, in einer verzweifelten Lage. Sie mußte kommen. Ich beruhigte mich langsam. Schließlich hatte sie all diese Erinnerungsstücke hiergelassen, darunter auch ein Foto von sich, auf dessen Rückseite geschrieben steht: *Laß im dunklen Schubfach mich vermodern, Laß bleichen mich im Sonnenlicht. Laß in des Feuers Flamme mich verlodern, Ertränk mich, nur verschenk mich nicht. Aus Liebe – Dittl. 27. X. 37.*

Wem sie das wohl zugedacht hatte? Und warum war es zu ihr zurückgekommen? Oder hatte sie es nur geschrieben und gar nicht verschenkt?

Bisher war der Juli naß. An manchen Tagen hatte es nur gelegentlich, an anderen anhaltend geregnet, aber der Vorrat an Wolken schien unerschöpflich. Während es im Mai und im Juni dermaßen trocken gewesen war, daß man Ernteschäden befürchten mußte. Nun goß es wieder so heftig, daß ich mir nicht vorstellen konnte, wie Dittl dem trotzen und dennoch kommen würde.

Ich saß vor einer leeren Seite und wußte, daß an diesem Tag und aus diesem Tag wieder einmal nichts werden würde. Wenn ich wenigstens gebügelt hätte. Ich lag da, auf dem breitesten Element meiner Sitzgruppe, und versuchte die einzelne Fliege, die mit einer Unverschämtheit sondergleichen mein Gesicht erkundete, mit Blicken zu töten. Doch gerade als ich innerlich so weit war, aufzustehen und die Fliegenklatsche vom letzten Jahr zu suchen, läutete es. Noch bevor ich öffnen konnte, hörte ich ein Motorengeräusch. Als ich gleich darauf die Tür aufriß, stand Dittl unter dem Schutz des Vordachs, die Tasche überm Arm, mit beiden Händen einen Karton festhaltend, den sie mir entgegenstreckte. »Da«, sagte sie, »halt das einstweilen, damit ich mich ausziehen kann.«

»Hast du keinen Schirm?« Sie lächelte verschmitzt und deutete auf ihre Tasche. »Hier drinnen. Ich bin per Autostopp gekommen.«

Ich nahm den Karton und ließ sie ins Haus. Als sie den Mantel aus- und die Hausschuhe angezogen hatte, nahm sie mir den Karton wieder ab. »Ich habe dir etwas mitgebracht.« Sie zog die Brauen bis weit über die Brillenränder hinauf.

»Nicht schon wieder?!« Die Größe des Kartons erschreckte mich. »Du wirst staunen.« Sie band die Schnur auf, nahm den Deckel ab und brachte einen Kranz aus Moos, Flechten und jenen kleinen Stoffblumen, die ich schon kannte, zum Vorschein.

»Du sollst mir nichts mitbringen!« Ich war beeindruckt von ihrer Fingerfertigkeit.

»Und wo hängen wir ihn hin?« Ihr Blick wanderte die Wände des Wohnzimmers entlang.

»Nein, nein, nicht hier! Mein Mann bringt mich um, wenn ich noch einen einzigen Nagel in eine dieser Wände schlage.« Zum Beweis hängte ich ein Bild ab, hinter dem ein faustgroßes Loch im Verputz klaffte.

»Hast du keine Bohrmaschine?« Ich schüttelte den Kopf. »Wenn ich das gewußt hätte, hätte ich meine mitgebracht.«

Ich war bereits in der Küche und hatte ein altes Lebkuchenherz abgenommen. Sie kam mir nach und beäugte die Stelle kritisch. »Eigentlich«, sagte sie, »würde der Kranz außen auf die Haustüre gehören.« Ich überlegte angestrengt. »Die meisten Leute, für die ich einen solchen Kranz mache, hängen ihn sich an die Haustüre.« Einen Nagel in der eigens angefertigten Haustüre würde mein Mann mir nie verzeihen. »Dann sehe ich ihn doch nicht. Nur wenn ich nach Hause komme.«

»Auch wahr!« Ihre Augen blitzten, und sie hängte den Kranz an den Nagel des Lebkuchenherzens, legte den Kopf schief, rückte noch ein wenig daran herum und zupfte die karierten Schleifenbänder zurecht. Eine alte hölzerne Tafel daneben mit der Aufschrift K. u. K. Wein- und Bierausschank war nicht im Gleichgewicht. Sie stellte sich auf die Zehenspitzen und machte sich auch noch daran zu schaffen. »Ich bin lästig«, erklärte sie, »ich kann schief hängende Sachen nicht ausstehen.«

»Danke, Dittl!« Der Kranz fing an, mir zu gefallen.

»Kann ich dir etwas anbieten?« Sie hatte mich entweder nicht gehört, oder ihr war nicht danach, denn sie sagte nur »An die Arbeit! Ich war in meinem Leben schon so oft krank, ich will nicht, daß uns etwas dazwischenkommt. Übrigens …« Sie hatte wieder das Sofa bestiegen, mitsamt ihrer Tasche, und kramte und kramte, bis sie einen Zettel gefunden hatte, den sie mit zitternden Fingern entfaltete. »Meine Enkelin hat eine Liste mit all meinen Krankheiten und Operationen zusammengestellt.«

»Du bist schön zäh«, sagte ich, nachdem ich die erste Seite überflogen hatte. Sie richtete sich auf.

»Weil ich von klein auf gekämpft habe.« Plötzlich war sie ganz junge Sozialistin. »Als der Justizpalast brannte, 1927, bin ich sofort hin. Ich war noch bei Frau B. Ihr Mann kam ganz aufgeregt nach Hause und erklärte, daß es für sie als Juden nun bald zum Auswandern würde. Schon damals. Glaub mir, diese Schweinerei hat nicht erst achtunddreißig angefangen. Auch nicht in Österreich.«

»Egon«, sagte ich, »ich möchte mehr über Egon wissen.« Die Fotos lagen auf dem Tisch.

»Mein lieber, guter Egon. Er ist nach Schweden ausgewandert und hätte mich gerne mitgenommen, aber meine Mutter hat es nicht erlaubt.«

»Und du hast es dir von ihr verbieten lassen?«

»Ich war der einzige Mensch, von dem sie Geld bekam.« Sie zuckte die Schultern, ihre Augen schwammen, und sie fuhr mit jener unnachahmlichen Bewegung, wie sie nur noch Menschen kennen, die gelernt haben, Stoff zu prüfen, indem sie ihn mit den Fingern streicheln, über ihre Gabardinehose. Erst jetzt war mir aufgefallen, daß sie bei diesem Wetter eine Hose trug.

»Was hätte ich denn tun sollen? Gegen meine Mutter wäre ich nie aufgekommen.« Sie warf mir einen glasigen Blick zu, der sie mir fremd machte. »Sie hat mir das Leben gegeben und es mir oftmals genommen!«

Ich zeichnete ihre Mutter, eine mir vollkommen unbekannte Frau, bis auf das Foto, auf dem sie, ein kleineres Geschwister am Arm, neben der sechsjährigen, schon damals zu kleinen Dittl saß, als Hexe.

»Mein Vater ist 1914, kurz vor Weihnachten, im Isonzo ertrunken. Ich habe nur meinen Vater geliebt.« Dittl begann zu flüstern. »Meine Mutter habe ich nie ausstehen können. Sie hat sich nicht um uns Kinder geschert. Nur um den Ledigen, den sie nach dem Tod des Vaters aus Deutschland mitgebracht hat. Für den ist auch extra gezahlt worden. Kein Wunder, daß nur ich übriggeblieben bin. Ich habe am meisten gekämpft.« Sie zitterte so stark, daß ich fürchtete, sie würde nicht weiterreden wollen.

»Egon«, sagte ich, »wir waren bei Egon stehengeblieben. Woher kam er, wer war er, warum ist er nach Schweden gegangen?«

Sie schien ein wenig verwirrt. »Egon! Ach ja, mein lieber, guter Egon, der war aus Graz und lernte in Wien in der Rathauskonditorei Zuckerbäcker, das heißt, er war schon Zuckerbäcker und lernte nur dazu. Und ich lernte auch alles mögliche, wenn ich ihn sonntags dort besuchen ging. Wie man Torten mit Marzipan dekoriert und so was. Egon war Halbjude und getauft. Zum Studieren gab es kein Geld mehr, obwohl der Vater Chemiker war. Egon war meine erste Liebe.«

Sie nahm ein Foto, auf dem Egon mit entblößtem Oberkörper und nackten Beinen auf einem kleinen Felsen sitzt, wie sie gelegentlich im Gebirge, von prähistorischen Steinschlägen gefällt, herumliegen, und Dittl vor ihm, in einem Dirndlkleid mit gezogenen weißen Blusenärmeln. Er hat die

Hände auf ihren Schultern liegen, und ihr Gesicht ist ganz weich. Viel weicher als auf allen anderen Fotos.

»Er war auch bei den Sozialisten. Ich habe ihn 1933 kennengelernt. Da war ich schon bei Dr. M., einem Augenarzt, in der Goldschmiedgasse, in Stellung. Vierunddreißig waren doch die Unruhen?«

»Februar oder Juli?« fragte ich. Es machte einen Unterschied. Politisch.

»Februar«, beeilte sie sich, die Sache zu klären. »Februar vierunddreißig. Mein lieber, guter Egon war mit dabei. Dann ist etwas Schreckliches passiert. Er hat während der Kämpfe im Karl-Marx-Hof einen Gendarmen erschossen. Da mußten wir ihn verstecken. Bis der Dr. Deutsch und der Dr. Bauer persönlich ihm einen Reisepaß verschafft hatten, damit er nach Schweden auswandern konnte.«

Sie nahm ein anderes Foto, das, auf dem Egon in einem Boot sitzt. »Da ist er schon in Schweden.« Sie las mir vor, was auf der Rückseite stand. *Meine Liebste! Ich fahre mit einem kleinen Fischerboot. Das Meer rauscht, meine Gedanken, mein Sehnen ist, ich will nachhause zu Dir! Und so bitte ich den Wind, er möge mein Sehnen aufnehmen und nach Wien tragen und Dir sagen, was ich fühle. Möge Dir dieser Wind Glück bringen und Dir auch meine Küsse übermitteln. Dein Egon.* Sie drückte das Bild an die Lippen, wie schon einmal.

»Seine Schwester hat mir auch sehr geholfen.«

Ich hatte nur ein Boot gezeichnet. »Egons Schwester? Ich wußte gar nicht, daß er eine Schwester hatte.«

Dittl schüttelte ungehalten den Kopf. »Nein, die vom Dr. M. Eines Morgens war ich noch nicht auf, als die Familie zum Frühstück kam. Jemand schaute in mein Zimmer. Da lag ich, bewußtlos. Ich hatte zu viel Chinin geschluckt.«

»Chinin?«

»Ich hätte das Kind nicht behalten können, ohne Egon.«

»Und die Schwester von Dr. Müller?«

»Die war Frauenärztin im Wilhelminenspital. Sie hat mir die Abtreibung ermöglicht. Ich mußte drei Wochen bleiben, angeblich wegen einer Lungengeschichte. Die hat mir wirklich geholfen.«

»Du warst gerne bei diesem Dr. M.?!«

»Sehr. Ich war vorher und nachher nie mehr so oft im Theater. Selbst als Herr Sz. zu mir sagte, ich müsse mich bilden, aber da war schon Krieg. Dr. M. hatte viele Schauspieler als Patienten, die gaben damals öfter Karten her, auch für mich. Dr. M. hatte Verwandte in Belgien. Die haben schon die ganze Zeit nach einer Stelle in einem Krankenhaus für ihn gesucht. Er ahnte, was kommen würde. 1935 ist er mit der ganzen Familie nach Brüssel gegangen. Sie hätten mich gerne mitgenommen, aber ich konnte ja nicht.«

»Weil deine Mutter es dir verboten hat?« Dittl nickte.

»Warst du noch immer der einzige Mensch, von dem sie Geld bekam?« Sie legte die Hände übereinander und meinte ohne große Dramatik: »Was will man machen?!«

Ich brauchte dringend etwas zu trinken. Das Chinin war mir in die Glieder gefahren. Es erinnerte mich an ein anderes Zeitalter. Noch heute brach mir der Schweiß aus, wenn ich daran dachte, wie sehr wir damals alle an Chinin geglaubt hatten.

»Darf ich dir auch einen Sherry geben?«

Sie verstand nicht gleich.

»Einen Sherry trocken, mein Lieblingsgetränk.«

Natürlich wußte sie, was Sherry ist. Bei den Häusern, in denen sie bedienstet gewesen ist. Ihr Gesicht hellte sich auf.

»Ach ja, Sherry. Ich wußte schon gar nicht mehr, daß es den gibt, so lange habe ich keinen mehr getrunken.«

Ich schenkte zwei Gläser voll und kam damit zurück an den Tisch.

»Die Frau H. hat so gerne Sherry getrunken.« Sie nippte und stellte das Glas vorsichtig zurück.

»Die von der Bartensteingasse oder die vom Modenapark?«

»Ursprünglich haben beide im Winter in der Bartensteingasse gewohnt. Sie waren Schwägerinnen. Aber ich meine die, die dann an den Modenapark gezogen ist und die eine Villa in Pötzleinsdorf hatte, Frau Emmy H. Sie war mir die liebere. Sie stammte aus Frankreich und ging auch dorthin zurück. Sie hatte auch eine Tochter, die einen Mann geheiratet hat, der der Mutter nicht paßte. Die beiden Jungen sind aber rechtzeitig nach Australien ausgewandert. Die Frau Emmy H. habe ich an die Grenze begleitet, nach Berg, Richtung Tschechoslowakei. Am Tag von Hitlers Einmarsch. Wir trugen alte Mäntel und waren nicht geschminkt. Ich sowieso nicht, auch Frau H. hatte nicht einmal Rouge aufgelegt. Mit nur zehn Schilling in der Tasche. So unauffällig wie möglich. Drüben warteten Verwandte auf sie. Ihr Mann stammte aus Prag. Aber sie ist bald nach Paris weitergefahren.«

»Und du?« Ich zeichnete einen kleinen Bahnhof, als hätte ich geahnt, daß es damit noch eine Bewandtnis haben würde.

»Ich mußte auf der herüberen Seite auf einen Zug zurück warten. Der nächste ging erst um fünf Uhr früh. Im Warteraum lagen drei Besoffene, die stänkerten mich an. Da ging ich hinaus, aber es half nichts. Sie kamen hinter mir her. Ich kannte mich nicht aus in der Gegend. Zu dritt erwischten sie mich, obwohl sie so betrunken waren. Ich trat nach ihnen, aber gegen drei kam ich nicht an. Sie haben mich einer nach dem anderen vergewaltigt. Das heißt, der dritte konnte nicht mehr, er schubste mich nur noch, und ich kollerte den Abhang hinunter. Es war stockfinster, und ich hörte Wasser rauschen, als ich endlich zum Halten kam. Nach einer Weile kämpfte ich mich den Abhang wieder hinauf. Das Bahnhofsgebäude konnte ich nicht sehen, nur den Zug, der da stand und wartete. Auf Knien kroch ich näher und legte mich unter den Zug. Da blieb ich liegen, stundenlang, klamm und steif vor Kälte und Angst. Als ich mich endlich traute, in den leeren Zug einzusteigen, sperrte ich mich sofort ins Klo. Ich muß furchtbar ausgesehen haben. Es war März und der Boden naß, die Männer dreckig und die Böschung voller Gestrüpp. Solange der Zug hielt, wagte ich nicht, mich zu waschen, vor lauter Sorge, entdeckt zu werden. Als der Zug dann endlich fuhr, sah ich, daß am Fuß des Abhangs ein Bach war, in den ich beinah gefallen wäre. Ich nahm mein Taschentuch als Waschlappen und säuberte mich, so gut ich konnte. Es war zu kalt gewesen. Ich bekam eine Lungenentzündung, aber die Hausmeisterin am Modenapark hat mich wieder gesundgepflegt.«

Ich hatte nur das Wort Gewalt hingeschrieben. »Bist du sicher, daß du das alles wirklich erlebt hast?« Die Lebensgeschichte rückte näher und näher, da half kein Sträuben.

»Ich bin vierundachtzig, und ich habe dich gewarnt. Du wirst dich wundern, was ich alles erlebt habe.«

»Schon gut.« Ich goß mir von dem Sherry nach, während sie ihr Glas kaum berührt hatte.

»Und du kannst dich an alles ganz genau erinnern?«

»Nicht an alles. Bei vielem muß ich mich richtig plagen. Übrigens, das hätte ich jetzt beinahe vergessen. Der Bürgermeister von Untersee hat gesagt, du sollst mein Leben aufschreiben, fürs Archiv.«

»Ich schreibe nicht fürs Archiv. Und wenn der Bürgermeister von Untersee etwas will, soll er mich anrufen.«

»Er will aber, daß du es machst. Sag mir, was es kostet. Ich bin zwar nicht reich, aber dich kann ich mir schon noch leisten.«

»Kannst du nicht. Du wolltest mir dein Leben erzählen, und ich höre dir zu, aber ich schreibe keinen Bericht fürs Archiv. Da mußt du dir jemand anderen suchen.«

»Du redest dich leicht. Jetzt, wo ich dir schon so viel erzählt habe. Ich kann das Ganze nicht noch einmal erzählen. Mit diesem einen Mal muß Schluß sein. Das wirst du doch fertigbringen. Einfach aufzuschreiben, was ich dir erzähle.«

»Hast du eine Ahnung. Einfach aufzuschreiben ... das muß gelernt sein.«

»Darum bin ich zu dir gekommen. Ich hätte mir auch eine Sekretärin nehmen können. Also, schreibst du meine Lebensgeschichte oder nicht?«

Ich hielt ihr den Block unter die Nase und ließ die bekritzelten Seiten durch die Finger zischen, ohne daß man mehr hätte sehen können, als daß sie bekritzelt waren.

»Was glaubst du, was ich die ganze Zeit tue? Verlaß dich drauf, ich erzähle dein Leben, aber ich lasse dich und mich nicht in einem Archiv begraben. Es ist doch auch dir wichtig, daß andere Leute als ich und der Bürgermeister von deinem Leben erfahren.«

Sie lächelte verschmitzt. »Archiv klingt so gut.«

Was sollte ich darauf sagen?

Als sie dann gegen Abend ging, hatte der Regen aufgehört, und man konnte zum ersten Mal seit Tagen die Gipfel wieder erkennen. »Da ist meine Mutter noch mit sechsundachtzig hinauf.« Sie deutete auf den Berg quasi vor meiner Haustür. »Bis zum Kreuz.«

»Bosheit hält jung!« Ich stellte ihr den Hocker vor die Tür, damit sie sich beim Stiefelanziehen setzen konnte. Sie lächelte mit leicht geöffnetem Mund. »Da muß was dran sein.«

Ich hatte Dittl gebeten, mir ihren Umschlag noch dazulassen, die Fotos seien eine echte Hilfe.

»Siehst du, ich habe schon gewußt, warum ich sie von Haus aus hier auf die Fensterbank legte.« Diese Art von Rechthaberei würde sie sich wohl nie mehr abgewöhnen.

Der Sommer kam wieder zum Vorschein, und ich verordnete mir mehrere Stunden Gartenarbeit. Dabei würde ich über das Gehörte in Ruhe nachdenken können. Und in den Pausen, wenn mein Rücken unbedingt einer Lehne bedurfte, schaute ich mir immer wieder die Fotos an. Paarhof St. Nikolai/Sölktal, Steiermark, war auf einer Tafel zu lesen, vor der Dittl stand, so wie Helene einst vor der Tafel Arthurhaus 1 gesessen war. Dittl hatte sich links vor die Tafel gestellt, ihr Mann rechts. Ich erkannte ihn an den großen Händen, von denen sie gesprochen hatte. Ein starker Mann in Hut und Hosenträgern, die graue Strickjacke über der Schulter. Dittl hatte behauptet, nur geheiratet zu haben, weil ihre Mutter nicht mehr auf den Buben schauen wollte. Dieser Bub war 1942 auf die Welt gekommen. Wer war sein Vater? Es gab kein erklärendes Foto. Der liebe, gute Egon in Schweden, Herr Sz. in Wien – immer noch mit Helene –, es mußte in Untersee passiert sein. Oder in Wels? Auf einem der losen Zettel, die sie selber zu schreiben versucht hatte, aber auch auf dem der Enkelin, stand etwas von Wels. Ich las den Zettel genauer. Er war dermaßen sprunghaft, daß ich nur, was ich ohnehin schon wußte, identifizieren konnte. Vor dem Wort *Wels* stand *Mandeloperation*, in der nächsten Zeile *Linzer Frauenabteilung. Haben gesagt, kann nie Kinder bekommen*. Nächste Zeile: *dreißig Jahre später Steinmandeln*. Ihre Aufzeichnungen liefen noch mehr durcheinander. Nicht nur der Hund des Schmiedemeisters, dessen Neffe sie später als Nazi vor den Nazis rettete, schien sie belästigt zu haben, sondern auch einer der Söhne. Ob sie deswegen gekündigt hatte?

Langsam wurde mir klar, welche Anstrengung sie unternahm, indem sie mir ihr Leben erzählte. Eine Anstrengung, die ihr im Alltag gar nicht mehr möglich war, zu der sie jemanden brauchte, der außerhalb der Familie stand, bei dem sie nichts voraussetzen konnte, sondern alles erklären mußte. Von Anfang an. Ob sie sich durch meine Augen aus einer gewissen Entfernung zu sehen wünschte?

Wenn ich an das Jahr 1938 denke, ist das für mich Geschichte, die Summe dessen, was ich dazu gelesen, an Fotos gesehen und an Familiengeschichten gehört habe. Wobei sich die Familiengeschichten von der Geschichtsschreibung vor allem durch ihre Unberechenbarkeit unterscheiden.

Wenn Dittl vom Jahr 1938 erzählt, sind es Geschichten, auf die die Geschichte bereits ihren Schatten geworfen hat, anders als bei den meisten Unterseern, die erst der Krieg oder sein Ende davon überzeugten, daß da etwas in seiner Grausamkeit noch nie Dagewesenes seinen Anfang genommen hatte.

Im März 1938 hatte Dittl Frau H. an die Grenze gebracht. Bis Oktober versuchte sie, die Angelegenheiten der Frau H. zu erledigen, das hieß, ihr die Sachen, die ihr gehörten, zukommen zu lassen.

In der Villa in Pötzleinsdorf war bereits ein Ehepaar einquartiert. Der Mann Geologe, der ein berühmter Bergsteiger war. In Wirklichkeit sei er kein Nazi gewesen, behauptete Dittl. Er habe sie bis zum Oktober draußen wohnen lassen. Der Gärtner war der Verräter. Und als ich schmunzeln mußte, zornten ihre Augen auf. »Dieser Schweinehund, dem es so gut gegangen ist bei der Frau H.« Auch von ihm gab es ein Foto mit Frau, Bruder und Schwägerin. Ein in Haß aufbewahrtes Bild. »Dieser Falott!« Sie hatte mit zitterndem Fingernagel mehrmals auf das Foto eingestochen. Aber die Aufnahme war zu klein, als daß man die Gesichtszüge des Verräters erkennen hätte können.

Stück für Stück nähte Dittl damals in der Villa draußen den Schmuck von Frau H. in einen alten Pelzmantel, den sie von ihr geschenkt bekommen hatte. Der Schmuck war beim Hausmeister versteckt, der kein Verräter war. Und im Oktober 1938 fuhr Dittl zusammen mit Dr. N., dem Rechtsberater der Frau H., nach Paris. Sie hatte ein Visum für vierzehn Tage beantragt, aber kaum war sie dort, erreichte sie ein Telegramm vom Morzinplatz – offenbar hatte man von der Sache Wind bekommen –, sie müsse sofort zurück, andernfalls sie mit einer Festnahme in Paris zu rechnen habe. Warum eigentlich? Frankreich war damals noch ein freies Land. Als ich fragte, zuckte Dittl mit den Achseln. »So war es eben.«

Ich muß diesen Punkt ihrem Erinnerungsvermögen überlassen, wie die Geschichte von Helene, als das, was außerhalb der Geschichtsbücher aus der Tiefe der Jahre zu bergen ist. Selbst Diktaturen scheinen – wenn auch nur sehr kurze Zeit – in Kinderschuhen zu stecken oder blinde Flecken zu haben.

Dr. N. war am nächsten Tag mit Dittl zurückgefahren. Möglicherweise galt die enorme Drohung vor allem ihm. Dittl erzählte, daß man sie im Metropol am Morzinplatz während des Verhörs auch geschlagen hätte. Als ich genauer wissen wollte, warum, meinte sie, es habe wohl mit dem Schmuck zu tun gehabt. Sie sei aber dann doch freigekommen. Nach Paris habe sie allerdings in ihrem ganzen Leben nicht mehr fahren können.

»Und was ist aus Frau H. geworden?«

Eine Zeitlang habe sie über die Mutter von Richard Tauber, die in der Schweiz lebte, noch Post von Frau H. bekommen. Aber irgendwann sei der Kontakt abgerissen. Viel später habe sie erst erfahren, daß Frau H. in Kuba an Krebs gestorben ist.

Sie habe dann so anders gelebt, mit ihrem Mann, der ein Trinker war, und mit den Kindern, die versorgt werden mußten. Und gearbeitet. Ihr ganzes Leben lang habe sie gearbeitet. Viel zuviel gearbeitet.

In der folgenden Nacht träumte mir von Dittl. Sie kam auf ihrer geblümten Tasche geritten, wie Mary Poppins, und als sie vor mir zu stehen kam, lösten sich all die Blumen von der Tasche, wurden zu Dittl-Sträußchen und stiegen als Wölkchen in die Lüfte.

»Schade«, sagte sie, »daß du nie in der Villa in der Julienstraße warst. Wir hatten auch einen Schriftsteller. Ich kann dir sein Zimmer zeigen. Hier, auf der rechten Seite, im zweiten Stock. Und keiner durfte ein Wort reden, wenn er beim Schreiben war. Frau H., Frau Sch. und ich flüsterten nur.« Sie legte den Finger auf den Mund und machte pst!

»Wer war es?« Es kostete mich große Mühe, im Traum zu sprechen.

»Ich glaube, er hieß Schätzler oder Witzler oder so. Und

als er gestorben war, haben Frau H., die Witwe und ich seinen letzten Roman zu Ende geschrieben. Da schaust du, was?«

Ich schaute in der Tat, mit meinen inneren Augen, aber da war der Traum schon auf etwas anderes übergesprungen, und ich erwachte ziemlich spät, mit geschwollenen Augen und einer Art Kopfweh, die nach einer großen Kanne schwarzen Tees verlangte.

Eigentlich tat ich nichts anderes mehr, als auf Dittl zu warten, dabei war gar nicht sicher, daß sie kommen würde. Es war heiß geworden, und das bekam ihr gewiß schlechter als der Regen. Doch sie war eine, die sich zu helfen wußte.

Ich strolchte mit einer großen Schere durch den Garten, wobei ich die Einfahrt im Auge behielt, zumindest bildete ich mir das ein. Plötzlich berührte mich jemand am Ellbogen. Ich erschrak zu Tode.

»Na, na«, sagte Dittl, »wer wird denn so schreckhaft sein.« Sie trug einen noch größeren Karton unterm Arm als das letzte Mal, und als wir auf der Terrasse anlangten, holte sie ein Gesteck aus dunkelgrünem Kunstmoos mit vielen kleinen Blüten, die Handarbeitsperlen als Staubgefäße hatten, daraus hervor.

»Du wirst deine Freude dran haben.« Sie stopfte das Einwickelpapier zurück in den Karton. »Du mußt es nur wo hinhängen, wo du es immer siehst.«

Ich bedankte mich. »Nur nichts überstürzen. Am Abend werde ich mir in Ruhe ausdenken, wo das Gesteck am besten zur Geltung kommt.« Sie nickte befriedigt.

»Stimmt es«, fragte ich, während ich uns mit Mineralwasser versorgte – Dittl hatte nur Wasser verlangt –, »daß deine

Frau H. auch mit einem Schriftsteller befreundet war, oder habe ich das geträumt?«

Dittl drehte den Kopf einige Male hin und her, als schlüge sie sich die Jahrzehnte um die Ohren. »Einen Schriftsteller? Jetzt hast du mich zu jäh gefragt. Er wird mir schon noch einfallen.«

Ich hatte am Vormittag Stachelbeertörtchen gebacken – die Stachelbeeren waren reif, es mußte etwas mit ihnen geschehen –, und als ich sie vor Dittl hinstellte, war sie einen Augenblick von der krampfhaften Namenssuche abgelenkt. Dieser Augenblick genügte, um ihr den Namen einfallen zu lassen. »Ich glaube, er hieß Schnitzler. Ja, ja, Schnitzler. Habe ich dir das nicht schon gesagt? Er hatte ein eigenes Zimmer in der Villa. Seine Frau war auch öfter da, auch dann noch, als er längst gestorben war.«

Ich wagte nicht, weiterzufragen. Laß dem Traum, was des Traumes ist, sagte ich mir. Das mit der Erinnerung ist eine trügerische Sache. Nur leider sind wir darauf angewiesen.

Dittl machte die Hitze mehr zu schaffen, als sie zugeben wollte. Sie wirkte fahrig und zitterte gelegentlich mit dem Kopf. »Was möchtest du denn noch wissen?« Es schien, als sei sie mit ihrem eigenen Entwurf von Lebensgeschichte zu Ende und überließe es nun mir, den Bau, den sie so kühn entworfen hatte, auszuführen. Aber es gab noch so viele Lücken. Ich sah mich außerstande, diese Lücken mit literarischer Phantasie zu füllen. Dazu hatte ich mich zu sehr auf ihre einzelnen Sätze eingelassen, als daß ich sie durch erfundene hätte ergänzen mögen.

»Dein Sohn, Dittl«, sagte ich, »entschuldige, daß ich so geradeheraus frage, aber wie bist du zu deinem Sohn gekommen?«

Sie seufzte, ging es aber dann mit der ihr eigenen Couragiertheit an. »Das war auch so eine Geschichte. Es gab in Wien einen Verein der Unterseer. Da ging ich manchmal hin, um Leute zu treffen. Das waren nicht nur Unterseer, sondern auch Menschen, die gerne nach Untersee auf Urlaub fuhren. Manchmal wurde auch getanzt. Volkstänze und so. Aber ich habe auch Charleston gelernt.« Sie lächelte spitzbübisch. »Richtigen Charleston. Ich hatte sofort begriffen, wie das geht. Mit dem Franz, einem Unterseer, der in Wien studiert hat. Mit dem habe ich Charleston getanzt. Bis mich dann einmal der Besitzer des Lokals gefragt hat, was ich denn so täte. Ich sagte, daß ich Köchin sei, er wollte es gar nicht glauben. Nicht in einem Wirtshaus, sagte ich, privat. Ich hatte so ein interessantes Kostüm an. Selbstgeschneidert. Beim Otti. Der kam auch aus Untersee und ist in Wien ein berühmter Schneider geworden. Er hat es mir zugeschnitten, und ich habe es bei ihm in der Werkstatt genäht.

Ich kaufte mir eine alte Nähmaschine, die nahm ich zur Frau Dr. S. mit. Die war damals auch schon über achtzig. Eine ehemalige Primaballerina, Doktor war nur ihr Mann. Die hatte vier weibliche Katzen, vier weibliche Hunde und einen Papagei. Für die Hunde hatte sie kleine Anzüge schneidern lassen, damit sie nicht den ganzen Dreck nach oben trugen. Die Wohnung war hinter der Oper. Ich mußte jeden Tag mit den Hunden auf die Albertinarampe Gassi gehen. Was glaubst du, wie mich alle ausgelacht haben. Das konnte ich nicht aushalten. Nach vierzehn Tagen bin ich mitsamt meiner Nähmaschine heimlich weg.«

Sie stutzte, nahm ihren Umschlag, den ich schon für sie vorbereitet hatte, und zog ihre Zeugnisse heraus. Auf dem Zettel der Enkelin war gestanden, *kein Zeugnis von Frau*

Dr. S. Ihr Gesicht leuchtete auf, wie von einem Gedankenblitz. »Darum habe ich kein Zeugnis, weil ich heimlich weg bin nach vierzehn Tagen. Ohne Lohn. Aber ich konnte es nicht mehr aushalten mit all den Viechern. Und damit mich die Dr. S. nicht findet, bin ich ganz hinaus nach Schwechat, zum Baron O., dem zweiten Direktor von Mautner Markhof. Der Baron hatte eine viel jüngere französische Frau, die in ihren Cousin verliebt war. Das weiß ich, weil der Baron sich immer bei mir in der Küche ausgeweint hat. Das war alles noch vor dem Schmiedemeister. Zu dem bin ich erst nach dem Baron O.«

»Dein Sohn, Dittl«, sagte ich. »Woher hast du deinen Sohn?«

Sie schaute mich ein wenig unsicher an. »Wo bin ich stehengeblieben?«

»Der Verein der Unterseer.«

»Ja, ja. Da war auch öfter ein Mann, den ich 1941 in Untersee wiedersah. Ich habe ja 1940 von Herrn Sz. weg, zurück nach Untersee müssen.«

»Warum denn?«

»Meine Mutter ...«

»Nicht schon wieder.«

»Sie hatte Angst, daß mir in Wien etwas passiert. Es war ja schon Krieg. Und daß ich dann nichts mehr verdiene.«

»Und dein Sohn?«

»Also 1941, ich war schon wieder aus Wels zurück, wo ich für ein paar Monate bei einer Familie mit einem behinderten Kind dienstverpflichtet war. Da habe ich mich beim vielen Schlangestehen verkühlt, an den Eierstöcken. Ich kam ins Krankenhaus Linz, und dort sagten sie mir, daß ich keine Kinder kriegen könnte. Ja, so war das.«

»Und dein Sohn ist der Sohn dieses Mannes aus dem Verein der Unterseer?«

Sie nickte. »Er hat sogar die Scheidung eingereicht. Aber seine Frau ließ nicht locker. Alle vierzehn Tage kam sie nach Untersee und behauptete, das Kind sei gar nicht von ihm. Da habe ich ihn freigegeben. Ich wollte mit dem allen nichts mehr zu tun haben.« Sie seufzte und lehnte sich zurück. »Geliebt habe ich ohnehin nur meinen lieben, guten Egon und den Herrn Sz.!«

»Und dann?« Ich fragte, weil ich fürchtete, sie würde auch mit ihrer Lebensgeschichte nichts mehr zu tun haben wollen. Sie wirkte erschöpft, und ihre Hände zitterten. Ich hatte das Gefühl, daß sie auf einmal von der Sache genug hatte. Das konnte, das wollte ich nicht hinnehmen, wo sie mich schon so weit gebracht hatte, mich auf ihr Leben einzulassen. »Und dann?« fragte ich.

»Und dann ging es so dahin. Der Bub war bei meiner Mutter, die nicht mehr auf ihn schauen wollte. Dann kam der Mann, der mich geheiratet hat, und dann meine Tochter. Was wäre mir denn anderes übriggeblieben, als zu arbeiten, zu arbeiten und nochmals zu arbeiten? Das Gemeine daran ist, daß keines meiner Kinder den Beruf erlernen konnte, den es sich gewünscht hatte, weil trotz aller Arbeit kein Geld für die Internate da war, in die sie hätten müssen.«

»Aber du warst doch Leiterin des Altenheimes in Untersee. Das ist doch eine gehobenere Position.«

Sie schaute mich an, als redete ich wie eine Blinde von der Blumenwiese.

»Was heißt gehobenere Position? Ich bekam von allen Angestellten am wenigsten, weil ich keinen Lehrbrief hatte, verstehst du? Da haben mir alle meine Zeugnisse nichts genützt.

Darum hat es mich ja auch bei den Kindern so gekränkt. Wir sind ins Altenheim hinaufgezogen, weil wir da eine Wohnung bekamen. Mein Mann hat auch dort gearbeitet. Man kann über ihn sagen, was man will, aber gearbeitet hat er, auch wenn er ein Saufaus war. Wenn du wüßtest, was sich da alles abgespielt hat, in dem Altenheim. Viel zuwenig Geld hatte die Gemeinde dafür, und sie haben mir vor allem die Sterbenden und die Narreten geschickt. Ein Mann mit Speiseröhrenkrebs ist uns regelrecht verhungert. Im Spital wollten sie ihn nicht länger, und essen konnte er nicht mehr. Mein Mann und ich haben uns abgewechselt in der Wache. Wir mußten am Balkon draußen sitzen, so gestunken hat er. Das war nur ein Fall. Aber ich mag jetzt nicht mehr davon erzählen. Das ist nichts zum Erzählen.«

Sie trank ihr Glas leer, und um mich ihre Ermüdung nicht zu sehr spüren zu lassen, kehrte sie den Spieß um. »Jetzt kennen wir uns schon ein Weilchen, erzähl doch, wie es dir so ergangen ist.«

Das hatte sie sich so ausgedacht, aber das zog bei mir nicht. »Wir hatten abgemacht, deine Lebensgeschichte zu schreiben. Doch du hast mir eine Menge vorenthalten. Die Geschichte ist nicht vollständig, es fehlen wichtige Abschnitte. Wie hast du zum Beispiel die letzten Kriegsjahre und die Nachkriegszeit erlebt?«

Sie winkte ab. »Da warst du auch schon auf der Welt. Das kannst du dir vorstellen. Außerdem, wann ist eine Geschichte vollständig? Nicht einmal von meinen Kindern kenne ich das ganze Leben. Da ist genug, was ich nicht weiß. Was für mich wichtig war, habe ich dir erzählt, und wenn mir noch etwas einfällt, lasse ich es dich wissen. Plaudern wir noch ein bißchen, bis meine Enkelin mich holen kommt.« Sie schaute auf die Uhr. Es freute sie einfach nicht mehr. »Weißt du, Trinker sind alle gleich. Wenn ich ehrlich sein soll, ich genieße jetzt mein Leben. Vierzehn Jahre ist mein Mann nun schon tot«, ihre Augen blitzten auf, wie bei einem jungen Mädchen, »und ich habe immer noch keinen anderen.«

Wir lachten beide, aber ich spürte, daß ich sie verloren hatte. »Ich habe dir alles erzählt, an was ich mich erinnern kann«, sagte sie, als es läutete. Ich brachte sie zur Tür, doch es war der Handwerker, der sich meine Waschmaschine anschauen wollte.

»Weißt du was, wenn ich schon an der Tür bin, kann ich meiner Enkelin auch entgegengehen. Sie muß längst unterwegs sein. Leb wohl!« Sie küßte mich zum Abschied und marschierte dann los, klein und aufrecht, mit kurzen, bestimmten Schritten, die Arme um ihre Tasche gelegt, als müsse sie sich doch ein wenig daran festhalten. Am Ende der Einfahrt wandte sie sich noch einmal um, und ich winkte ihr, winkte ihr, bis ich sie nicht mehr sehen konnte.

Posaune im Ohr

»Mit Blick auf den Zinken«, sagte er, als er mir die Toilettenpapierrolle aushändigte. Der Zinken war einer der umgebenden Berge, mit einem pyramidenförmigen Gipfel und weit ausladenden Achseln, in deren einer man den Kopf Napoleons erkennen konnte. Manche brauchten sehr lange, bis sie ihn zum ersten Mal sahen, aber jeder, der ihn einmal ausgemacht hatte, fand ihn immer wieder.

Ein vom Regen schlüpfriger, grasbewachsener Pfad führte zu dem Holzhäuschen mit dem Plumpsklo. Wie in meiner Kindheit. Auch die mit Reißnägeln befestigten Postkarten fehlten nicht, selbst die mit der Gemse, die aus dem Ei schlüpft, hing da.

Der Geruch langsam verrottender menschlicher Ausscheidungen ins Allgemeine des Stoffwechsels rückgeführt. In einem Plumpsklo stinkt es nie nach einem einzelnen Menschen, es riecht nach Schwefel und Ammoniak.

Ein Eimer stand in der Ecke, mit Wasser gefüllt, zum Nachleeren, und erst jetzt kam mir zu Bewußtsein, daß er alles vom Brunnen holen mußte, auch was er zum Waschen und Kochen brauchte.

Durch das herzförmig in die Tür gesägte Loch konnte man tatsächlich die Berge sehen, den Zinken aber nur, wenn man sich den Hals verrenkte.

Auf dem Rückweg bemerkte ich das kleine Erdäpfelland.

Ich hielt es für einen Witz, als er erzählte, wie er die Baugenehmigung für seine Hütte erwirkt hatte. Landwirtschaftliche Nutzung. Er konnte das Erdäpfelland hier am Waldrand schon wegen des Wildes nicht allein lassen und brauchte eine Unterkunft.

Seine Hütte war mittlerweile berühmt, wie seine Lebensgeschichte. Er lud Leute ein, Freunde, Bekannte, Gönner, bewirtete sie, machte ein Foto von ihnen und ließ sie ins Gästebuch schreiben. Es gab bereits mehrere Bände davon. Und während er kochte, konnte man sie sich anschauen.

Von der Straße aus führte der Weg zuerst durch ein Stück Wald, ehe man zur Hütte kam, die vorne am Waldrand lag. Ein Viehgatter, ein hölzerner Brunnentrog, in dem Bier kühlte, und am Fahnenmast klebte die regennasse Europaflagge. Er war in heftiges Lachen ausgebrochen, als er meinen Mann und mich darauf aufmerksam machte. Der Eingang war erhöht, wir stiegen über Holzstufen, lehnten uns einen Moment ans Geländer, um einen Blick auf die Alm zu werfen, die in der Nässe zu zerfließen drohte.

Die Hütte bestand aus zwei Räumen und einem Dachboden, wo sein Sohn und dessen Freunde schlafen konnten, wenn sie zu Besuch kamen. Die Leiter war angelehnt und die Falltür offen, damit wir uns das Matratzenlager da oben ansehen konnten.

Sein eigenes Bett war ein altmodisches Holzbett mit einer dicken Tuchent. Vor dem Fenster stand ein Schreibtisch, darauf ein PC und ein Fax-Gerät, beides batteriebetrieben. Der Strom, den er selber erzeugte, reichte für die Deckenbeleuchtung.

Als wir gekommen waren, hatte er seinen Hund bellen lassen. Mir war aufgefallen, daß bei unserem letzten Besuch vor einigen Jahren das Schild *Achtung bissiger Hund* noch nicht an der Tür hing. Er freute sich ungemein über unsere Verblüffung und versuchte an unseren Gesichtern abzulesen, wie naturgetreu wir das Bellen seines elektronischen Hundes erlebten. Er selbst empfing nur Impulse, die eine Näherung an den originalen Ton bedeuteten. Er schrieb uns gelegentlich Ansichtskarten, wenn er zu einem der vielen Kongresse fuhr, nach Israel oder Polen, dort seine Selbsthilfethesen vertrat und sich als Beispiel vorstellte, wie man mit einer Behinderung wie der seinen leben konnte.

Er hatte vor dreizehn Jahren sein Gehör vollkommen verloren, hatte dann nach einer Zeit des Schocks lippenlesen gelernt und sich später für ein Cochlear-Implantat zur Verfügung gestellt. Seither reiste er durch die Welt und hielt Vorträge über die Vorteile dieser Operation. Er schrieb auch Artikel, und ich war erstaunt, wie gewandt, wie professionell er das tat.

Als er noch hörte, war er bei der Zollfahndung gewesen und hatte Posaune gespielt. Mehr wußte ich nicht von ihm, obwohl wir aus demselben Dorf stammten. Doch, ja, seine Frau hatte ich einmal kennengelernt, aber das war nun auch nicht mehr seine Frau.

Er schenkte Bier ein und setzte sich. Er wolle nur einen Begrüßungsschluck mit uns trinken, bevor er mit dem Kochen beginne. Dann zog er das kleine Gerät, das er um den Hals hängen hatte, unterm Hemd hervor und wechselte die Batterie. »Bei euch habe ich auf 5 gestellt!« Das war eine große Ehre, wie sich zeigen sollte. »Wenn mehr Leute da sind, stelle ich auf 4. Beim Stammtisch, nach der zweiten Halben, auf 3. Wenn die Weiber«, er verneigte sich leicht und sagte, »Tschuldigung, wenn die Damen zu kreischen beginnen, gehe ich auf 2 herunter, wenn die Turnerinnen feiern, auf 1, und beim See-Rock ziehe ich den Stöpsel ganz heraus.«

Wir lachten alle drei, war er doch im letzten Jahr mit seiner Posaune bei diesem allsommerlichen Konzert aufgetreten, als Attraktion, den Blick auf den Bandleader, den er schon lange kannte, gerichtet. »Rock halte ich nicht mehr aus. Was glaubt ihr, was der Kasten da aufführt!« Und er ließ das kleine Gerät wieder unter seinem Hemd verschwinden.

Er hatte alles vorbereitet, die Koteletts, den Salat, das Brot. »Ihr müßt schon entschuldigen, gegrillt schmecken sie weit besser.« Aber da es regnete, mußte er sie auf dem Sparherd braten. Er hatte sogar Filzdeckel, die ihm ein alter bayrischer Zöllner geschenkt hatte, unter das Weizenbier gelegt.

»Wenn du willst, daß es noch mehr schäumt, mußt du ein paar Reiskörner dazugeben!« sagte mein Mann, der aus Schwaben kommt. Er holte sofort welche, und als es tatsächlich noch mehr schäumte, freute er sich sehr und dankte für den guten Rat per Handschlag.

Der Bedacht, mit dem er das Fleisch briet, lohnte sich; es waren die besten Koteletts, die wir seit langem gegessen hatten. Es schien, daß er alles mit Bedacht tat. Ein Blick in die Speisekammer, ein ausgebautes Kellerloch mit kleinen Regalen, in das er durch eine Falltür hinuntersprang, bestätigte den Eindruck nur noch. Er hatte Senf und Ketchup heraufgeholt, und da das Ganze nicht sehr groß war, so daß sein Kopf noch herausschaute, ließ sich die überlegte Ordnung leicht erkennen.

Wir unterhielten uns über den geplanten Bau eines Großhotels am verwilderten Teil des Seeufers, den niemand außer dem Gemeinderat zu wollen schien, und es gab einiges zu lachen, als er von den Schildbürgerstreichen, die im

Verlauf der Projektierung passiert waren, erzählte. Für mich war das unterhaltsamer als für meinen Mann, kannte ich doch die meisten, von denen die Rede war, von Jugend an. Doch jedesmal, bevor er sich selber auf die Schenkel schlug, war da jener eigentümliche Blick, so als lausche er mit den Augen. Er schien sich zu fragen, ob wir ihn verstanden hätten, und nicht umgekehrt. Der Verlust des Gehörs hatte ihn zu einer enormen Anstrengung vermocht, hatte einen anderen Menschen aus ihm gemacht oder, besser gesagt, den in ihm verborgenen Menschen zum Vorschein gebracht.

All die Gesuche, die er schrieb, die Veranstaltungen, die er organisierte, um die Bedeutung der Selbsthilfe ins rechte Licht zu rücken – niemand im Dorf hätte ihm das zugetraut; ich am allerwenigsten. Auch hatte er zu fotografieren begonnen, von der Stille seiner Hütte aus, immer weiter in die Landschaft hinein. Sein Blickwinkel ließ einen so manches sehen, was man sonst vielleicht gar nicht bemerkt hätte, und er besaß ein gutes Gespür für Stimmungen. Aus einigen seiner Bilder war ein Buch geworden, dessen Reinerlös ebenfalls den Cochlear-Patienten zugute kommen sollte. Und manchmal, wenn ich ihn geschäftig durch den Ort traben sah, fiel es mir schwer, mich an den stämmigen jungen Mann zu erinnern, der er einmal gewesen war und dem das Bier gelegentlich auch noch aus den Augen zu dunsten schien.

»Was die Frauen angeht«, er lachte verschmitzt, »bin ich mehr und mehr fürs Vorübergehende. Nur keine dauerhaften Verhältnisse mehr.« Wir lachten mit ihm, und als wir auch noch das nächste Stück Fleisch gegessen hatten – fürsorglich hatte er zwei für jeden gebraten –, schien plötzlich die Abendsonne. Da sah das Fenster mit einemmal ungeputzt aus, und das Innere der Hütte wurde sehr klein. Wir nahmen unsere

Biergläser und traten ans Geländer hinaus. Er werde heuer wieder bei einem Konzert auf der Seeterrasse spielen, die Jungen hätten ihn so gebeten darum, und den Jungen könne er einfach nichts abschlagen.

Mein Mann machte sich auf den Weg zum Zinkenblick. Er wollte ihn sich keinesfalls entgehen lassen, und so blieben wir beide allein an dem Geländer zurück. Der Gipfel des vor uns liegenden Berges, der einer hohen Krone glich, färbte sich wie das Laub des Feldahorns, während die Alm und das Wirtshaus in einen bläulichen Schatten zurückfielen. Da erklärte er, daß er noch üben müsse, und holte die Posaune aus der Hütte.

»Was glaubst du, warum wir früher bei der Salinenmusik so viele Bläser hatten?« Da war wieder dieser bestimmte Blick. Ich schüttelte den Kopf, ohne etwas zu sagen. »Weil sie für die Musikprobe freibekommen haben. Die meisten konnten ohnehin nicht mehr als zwei, drei Töne blasen, und wenn wir beim Platzkonzert aufspielten, saßen sie einfach da in ihren eleganten schwarzen Uniformen mit den weißen Federbüschen auf dem Bergmannshut und machten nur alle heiligen Zeiten einmal düt. Ich bin immerhin in der Musikschule gewesen.« Er schaltete sein Kästchen aus und brachte die Posaune in Anschlag.

»Du mußt es mir sagen, wenn ich einen falschen Ton blase. Stoß mich!« Dann setzte er das Mundstück ein und blies eine Art Zapfenstreich zu dem Wirtshaus hinunter, von dem gedämpftes Juchzen heraufdrang. Und obwohl mir die Abfolge der Töne nicht immer ganz geheuer war, stieß ich ihn nicht. Weder kannte ich das Stück, das er üben mußte, noch habe ich überhaupt so etwas wie ein musikalisches Gehör.

Schattenspiel

»Ich glaube überhaupt, daß man sich das Bewußtsein nur angewöhnt; durch das Leben und zum Leben kommt man doch, man weiß selbst nicht wie.«

Lebensansichten des Katers Murr
von E. T. A. Hoffmann

Was ist die Welt? Lange Jahre habe ich versucht, dieses Rätsel vom Fensterbrett aus zu lösen. Ich sehe, aber ich sehe nicht gut, bei meinen überempfindlichen Lidrändern. Ich bin abhängig von den Salben und Tropfen, die Sylvie mir von Zeit zu Zeit einträufelt. Ein Zugeständnis an die vollkommene Schönheit: Meine Augen sind zu groß. Die Welt da draußen, aber was? Die Bäume? Ich liebe es, zuzusehen, wie der Wind ihre Kronen zaust oder ihnen die Blätter gegen die Äste drückt. Die Vögel? Deren berauschender Flug doch immer irgendwo endet, auf dem Fenstersims womöglich, und die niedrigsten Instinkte in mir weckt?

Ich kann immer gerade noch erkennen, wenn auf der Wiese unten sich etwas bewegt. Aber nur, daß, und höchst selten, was. Das hat meine Phantasie beflügelt; meinem Vorstellungsvermögen sind keine Grenzen gesetzt.

Meine Träumereien werden oft mißverstanden. »Komm schon, Plume«, sagt Sylvie dann, »du hast mich. Schau dir doch nicht die Augen aus. Du bist nicht gemacht für ein

Leben da draußen!« Ich weiß das. Aber das Fensterbrett amüsiert mich, verschafft mir die nötige Abwechslung. Und die Frage »Was ist die Welt?« zwingt mich, von der Unmittelbarkeit der Beobachtung auf die verdeckten Hintergründe zu schließen.

Die Welt hat die Fähigkeit, sich zu verändern. Früher reichte mein Blick bis auf die Straße, besser gesagt, eine Gasse, durch die Tag und Nacht Autos fuhren. Ihr Geruch drang selbst durch die geschlossenen Fenster. Wenn ich mich ganz nach vorn beugte, konnte ich sogar die Passanten auf dem Gehsteig sehen. Seit wir im Schlößchen leben, ist die Welt auf die Natur zurückgefallen.

Ich bemühe mich, mit meinen Bewegungen dem Stil des Hauses gerecht zu werden. Keine Hast, keine verhuschten, verschlampten Fugenläufe. Hier ist Haltung angebracht. Ich brauche wohl nicht zu erwähnen, daß das meinen Anlagen entgegenkommt.

Einer von den vielen Gästen, die leider auch über Nacht bleiben – leider, weil ich nachts das Haus gerne für mich habe –, hat sich zu der Bemerkung verstiegen, ich sei eine Mischung aus gräflicher Erscheinung und Schloßgespenst. Daß ich von Kopf bis Fuß Weiß trage, hat ihn wohl auf die Idee gebracht. Während ein anderer sich mit der lächerlichen Frage »Wie viele Perser liegen denn noch hier herum?« als bei weitem ungehobelter erwies. Eine schlichte Geschmacklosigkeit, die sich wahrscheinlich auf Moustache bezog, der seine Neugier noch immer nicht im Zaum hält. »Er legt sich vor die Tür einer besetzten Suite und schläft dabei ein, der Dummkopf!« Moustache! Was hat der Bursche mich nicht schon Nerven gekostet. Seine vielbeschworene Robustheit beruht übrigens auf einem Abstammungsfehler. Er ist ganz und gar nicht meinesgleichen, auch wenn Yaïr so tut, als spiele das nicht die geringste Rolle. Unempfindlich, gewandt und von mäßiger Intelligenz. Gelegentlich benützt er sogar die Wiese. Und danach langweilt er mich mit seinen Abenteurergeschichten. Als bestünde eine Wiese aus mehr als Insekten und Halmen. Er halluziniert sogar Kämpfe mit der ortsansässigen Jugend. Das einzige, was daran stimmt, sind die Flöhe, die er mit nach Hause bringt. So weit kann es mit ihm kommen.

Ich verunreinige mich nie. Und wenn es mir schon widerfährt, an Stellen, die ich nicht erreiche, brauche ich Sylvie nur ein Zeichen zu geben. Nicht so Moustache. Er ist Yaïrs Liebling und eifert ihm dahingehend nach, daß er sich immer aufs Praktische beruft. Sagt der Bengel doch neulich zu mir, als ich ihm Vorhaltungen mache, »Yaïr kann sich auch nicht immer gleich die Hände waschen, wenn er sie in Kleister getaucht hat. Sonst würden unsere Figuren im Leben nicht fertig!« Diese Botschaft hat zwei Teile, erstens die Rechtfertigung seiner weithin sichtbaren Schmutzspuren auf dem Bett von Sylvie und Yaïr, und zweitens die Vortäuschung eines Interesses, das er gar nicht hat. Was bedeuten ihm schon die Figuren? Nicht einmal sein Double hat er sich näher angeschaut. Ihm war nur wichtig, durchs Bild zu stolzieren. Held einer Serie – daß ich nicht lache! Wenn Sie danach fragten, er könnte Ihnen nicht einmal genau sagen, was für eine Rolle er spielt. Wohingegen ich als Souffleuse einspringen könnte. Ich versäume keine Probe und assistiere bei sämtlichen Arbeiten. Moralisch zumindest.

Fasziniert von den verehrungswürdigen Schatten, bin ich zu dem Schluß gekommen, daß die Welt da draußen eine vernachlässigbare Angelegenheit ist, verglichen mit den Rätseln, die diese Gebilde aufgeben, während sie mit anregender Flinkheit über den Schirm huschen. Es hat eine Weile gedauert, bis ich den Zusammenhang zwischen Sylvie, Yaïr und den Geschehnissen auf der Leinwand begriff; umso mehr lobe ich mir mein Schicksal, das mich zwischen derart erfindungsreiche Wesen gesetzt hat.

Ob er es nun weiß oder nicht, aber die Rolle – übrigens die einzige, die er je gespielt hat – paßte sehr gut zu Moustache. Der Kerl, den er verkörperte, war so geschickt, so vif und genauso prahlsüchtig wie er. Und er liebte die Übertreibung. Moustache war also als Schauspieler nicht gefordert. Er mußte tatsächlich nur durchs Bild schreiten, und auch das bloß in der profanen Version fürs Fernsehen. Es klappte natürlich nicht auf Anhieb. Erst lief er zu schnell, dann schaute er zu auffällig in die Kamera, und irgendwann verlor er die Lust. Mit dem Erfolg, daß ihm das Team an allen möglichen und unmöglichen Stellen auflauerte und die Stimmung sich zusehends verschlechterte. Ich war schon versucht, mich zu opfern, damit man sich im Treppenhaus endlich wieder frei bewegen könnte, außerdem bin ich eine Meisterin des Schreitens. Doch die Aussicht, für diesen aufgeblasenen Kerl namens Murr gehalten zu werden, ließ mich von der Sache Abstand nehmen.

Daß ich so gut über Murr Bescheid weiß, habe ich meiner Aufmerksamkeit und der mir eigenen Diskretion zu verdanken. Besonders Besucher nehmen mich oft nicht wahr – was mir die gräßlichen Betätschelungen erspart, zu denen sich die Leute, auch wildfremde, bemüßigt fühlen –, selbst wenn ich mich unter der Bank, auf der sie gerade sitzen, aufhalte. So höre ich alles. Worauf die jeweilige Geschichte sich zurückführt, wie sie schattiert werden kann und ob man, im Falle einer Verfilmung, zu einer Mischform greifen und ein lebendes Wesen durchs Bild schicken soll.

So viel zu unserer Profession. Sylvie und Yaïr sind Weltenfänger. Sie schneiden Figuren aus schwarzem Papier, und in diesem Netz zappeln Dinge und Gegenstände, Mensch und Tier. Manchmal arbeiten sie auch in Farbe und werfen die Welt als bunten Schatten auf unseren Schirm, der im Salon montiert ist. Mir ist Schwarzweiß lieber. Ich habe meine Sehschwäche schon angedeutet, aber Silhouetten erkenne ich immer. Sylvie bannt die Geschehnisse in Umrisse. Yaïr holt sie aus dem Papier.

Bei den Proben zerreißt es mir beinah die Sinne. Soll ich hinter den Schirm und schauen, wo Sylvie und Yaïr mit ihren Stäben hantieren? Soll ich vor den Schirm, um mehr von der Geschichte zu erfahren? Man kann sich kaum vorstellen, in welche Konflikte ich dabei gerate. Sie könnten natürlich vorschlagen, ich solle mir die Geschichte einmal von vorne und einmal von hinten anschauen. Ein Zeichen für Ihre laienhafte Vorstellung, geduldigeR LeserIN. Bei den Proben kann sich nämlich noch alles ändern. So mag es geschehen, daß Sylvie und Yaïr sich entschließen, eine Szene herauszunehmen, und ich kenne nur ihre Hinter- oder ihre Vorschirmversion. Also sause ich, wenn größere Veränderungen in der Luft liegen, ständig hin und her, so diskret wie möglich natürlich, um nicht zu stören. Irgendwann bemerkt Sylvie es dennoch und sagt: »Versteh einer Plume, sie ist doch sonst so zurückhaltend!«

Dann setze ich mich in einen der herumstehenden Kartons, in denen die Silhouetten verstaut werden, und versuche, mich mit ihrem Duft so weit zu beruhigen, daß ich für eine Weile auf einer Seite bleiben kann.

Neben den Proben – während der Vorstellungen verkrieche ich mich, ich bin äußerst öffentlichkeitsscheu – liebe ich die Vorbereitungszeit am meisten. »Eine deutsche Kleinstadt in der ersten Hälfte des neunzehnten Jahrhunderts schaut so aus«, sagt Sylvie und zeichnet einen Umriß, während Yaïr schon mit der kleinen Schere klimpert, begierig darauf, seine Kunst zu erproben.

»Bring mir bitte das Kostümbuch, Yaïr, ich brauche eine Damenabendrobe aus dieser Zeit!« Ich beobachte alles vom Fensterbrett aus. »Als meine Mutter zum ersten Mal aus Belgien herauskam«, beginnt Sylvie zu erzählen, »als meine Eltern dann in Spanien kämpften ...« Oh, wie ich diese Berichte zu schätzen weiß! Städte, Länder, Kontinente stehen vor meinen geistigen Augen auf, mit starken schwarzen Konturen und viel Weiß dazwischen.

»Als wir noch in Frankreich lebten und ständig auf der Flucht waren, mein Vater arbeitete für die Résistance ... das war in Marseille. Als wir dann in Ungarn lebten, als wir danach in Wien wohnten, als ich zum ersten Mal in Jerusalem war ...«

Die Haare sträuben sich mir vor gespanntester Aufmerksamkeit, und ich bin unendlich froh, daß wir in beruhigteren Umständen leben, obgleich ich den Umzug ins Schlößchen noch in fataler Erinnerung habe. Aber mir das alles vorzustellen! Sylvies Lebenslauf beinhaltet alle wichtigen Daten der zweiten Hälfte dieses Jahrhunderts – das nenne ich die Universität des Lebens.

Auch Yaïr hört noch immer gerne zu. Und während er zuhört, schneidet er seine Welt aus der Welt heraus, und dazu all die Figuren, deren Schatten die Geschichte weitererzählen.

Manchmal gerate ich dabei in eine Art stiller Ekstase und

verspüre den unwiderstehlichen Wunsch, selber Schatten zu reißen. Doch sobald ich ein Endchen des schwarzen Papiers unter den Krallen habe, lacht Sylvie. »Aber Plume! Eine Dame wie du ...« Da komme ich wieder zur Besinnung und beschränke mich auf die Beobachtung der Welt, ohne jeden weiteren Versuch, in sie einzugreifen.

Alle hatten gedacht, sie würde sich um mich kümmern, als ich ins Haus kam, klein und hilflos, wie ich war. Aber die Gnädige hielt Abstand und blieb irritiert. Ihre Erscheinung blendete mich von Anfang an, und ich hätte alles darum gegeben, wenn sie sich nur ein bißchen für mich erwärmt hätte. Sie erwiderte meine Gefühle nur dahingehend, daß sie hin und wieder geruhte, mein Benehmen zu kommentieren, ruhig und in verständiger Art, aber insgesamt hoffnungslos konventionell. Sie lebt noch in Vorstellungen – du meine Güte! Und nicht die geringste Ahnung von der Welt. Da lasse ich mir von der Realität anders den Bart zausen.

Wir sind fremd hier. Ich habe so meine Erfahrungen. Immerhin gehört das ganze große Grundstück zum Schlößchen – und somit mir. Doch wo finde ich einen Richter, der mein Recht sichert? Und selbst wenn, durchsetzen muß ich es selber gegen all das Gewohnheitsrecht, das die Dörfler sich während der Zeit, als das Schlößchen verfiel, ersessen zu haben glauben.

Die erste Begegnung war mörderisch. Ich unterhielt mich gerade mit einer jungen Dörflerin, die auf Beute lauerte. Dagegen habe ich nichts. Es ist genügend vorhanden, und ich bin dieser Art Nahrung seit Generationen entwöhnt.

Mit jungen Frauen kommt man immer am leichtesten ins Gespräch. Mein langes Haar hatte ihr Interesse geweckt, und sie erkundigte sich, wie ich es pflege, da es überhaupt nicht verfilze.

Aha, dachte ich, den ersten Punkt habe ich gemacht. Da kamen sie aus allen Richtungen auf mich zu. Und jeder preßte irgend etwas zwischen den Zähnen hervor, das wie »Verschwinde, feiner Pinkel! Eindringling, Zweitschloßbesitzer, Tourist!« klang; nicht gerade einladend. Mein Herz schlug wie der Gong, mit dem wir die Vorstellung eröffnen, jedoch – ich bin nicht von ungefähr durch die Schule der Gnädigen gegangen – ich bewahrte Haltung.

»Woher die Feindschaft, wackere Dörfler und Dörflerinnen? Lebt ihr hinter dem Mond? Die heutige Welt kann es sich gar nicht mehr leisten, Konflikte auf derart brachiale Art auszutragen!«

Sie stutzten ein wenig, und ich hakte nach. »Über die Jagd läßt sich streiten. Ich meine, ich habe nichts gegen eine vernünftige Hege von eurer Seite. Ich möchte nur Bescheid wissen, wer wo wann und wieviel Beute schlägt. Denn eines, liebe Freunde, müßt ihr einsehen, der Jagdherr bin ich.«

»Jagdherren vergehen – Dörfler bestehen!« rief ein vorwitziger kleiner Roter.

»Das werden wir schon sehen, wer hier das Jagen hat. Wer dafür ist, daß wir es auf die alte Weise regeln, mir nach!« Und schon stürzte sich ein dicker Schwarzer auf mich, gefolgt von ein paar verwegenen Tigern. Ich konnte gerade noch feststellen, daß nicht alle Dörfler der brutalen Aufforderung Folge leisteten. Dann schrie ich. Mein langes Haar erwies sich als der beste Schutz, dennoch war ich der Übermacht nicht gewachsen. Ich gebe zu, daß Yaïr mich gerettet hat.

Keiner macht sich eine Vorstellung davon, wieviel Arbeit das Schlößchen bereitet. Wie viele Handwerker ein und aus gehen, auch wenn Yaïr das meiste selber macht. Er kann alles. Sylvie sagt: »Ich möchte die Jalousien in dem Ton zwischen Tannen-, Moos- und Steirischgrün, den wir an jener Villa in Bad Ischl gesehen haben.« Und schon streicht Yaïr die Jalousien in dieser Farbe. Ich wünschte, ich könnte ihm den Farbtopf reichen.

Abends, wenn wir alle im Erker sitzen und Sylvie das neue Programm erfindet, probiere ich das Material durch. »Dieser verspielte Moustache!« sagt Sylvie und wirft mir einen Knäuel aus Papiergirlanden vor die Füße. Ich spiele ein wenig damit, weil sie mir so gerne dabei zusieht.

Wenn Yaïr erzählt, erzählt er von der Wüste und wie sie einen Garten Eden daraus gemacht haben, in dem Land, in dem er aufgewachsen ist. Was sie alles gepflanzt und wie sparsam sie mit dem Wasser umgehen hatten müssen. Es fällt mir schwer, mir das alles vor Augen zu führen. Hier regnet es oft, und ich bin klitschnaß, wenn ich morgens das Grundstück abgehe. Ich gebe zu, daß ich diese Zeit wähle, weil da kaum jemand von den Dörflern anzutreffen ist, außer ein paar jungen Frauen. Wie ich höre, macht sich mein Einfluß bereits geltend, zumindest bei der Jugend. Alle wollen plötzlich lange Haare.

Man muß den Verhältnissen nur Zeit lassen. Ich bin sicher, daß ich auch mit jenen dörflichen Desperados, die mir neulich so übel mitgespielt haben, zu vertretbaren Abmachungen komme, die für alle annehmbar sind.

Die Zeiten werden härter. Das Schlößchen kostet nicht nur Arbeit, sondern auch Geld. Viel Geld. Sylvie klagt, daß es ihr nur Unglück gebracht habe. Niemand hat Geld! Niemand, das sind die Leute, die unsere Produktionen einkaufen sollen. Damit sie auch bei anderen zu Hause gesehen werden können. Dann wird nicht nur die hiesige dörfliche Jugend Lust auf meinen Haarstil haben. Und ich muß womöglich noch in der Öffentlichkeit auftreten. Aber so weit gehe ich keinesfalls.

Das Schlößchen war ein Kindertraum von Sylvie. Jetzt redet sie manchmal vom Verkaufen. Um das Unglück zu wenden. »Es könnte ja sein«, sagt Sylvie, »daß ein Fluch auf dem Schlößchen liegt.« Was für ein Fluch? denke ich schaudernd. Was ist überhaupt ein Fluch?

Yaïr und ich sind entschlossen, zu bleiben. Nur die Gnädige hat sich noch nicht geäußert. Ich glaube, ihr ist alles egal, solange es Schatten gibt. Wenn sie könnte, würde sie selber Figuren reißen. Aber vielleicht ist sie sich auch dafür zu vornehm. Sie würde sich ständig Gedanken darüber machen, ob es zu ihrer Haltung paßt. Manchmal denke ich, daß Yaïr ein großer Zauberer ist. Und Sylvie die Fee, aus deren Kopf all die Silhouetten springen, mit denen sie zeit ihres Lebens beschäftigt ist. Sie verbringen viel zuviel Zeit damit. Aber das Schlößchen verschlingt alle Produktionen.

Wenn einmal alles so ist, wie Sylvie und Yaïr es sich vorstellen, werden wir alle draußen in der Wiese sitzen und mit Papierbällen spielen. Da wird dann sogar der Gnädigen nichts anderes übrigbleiben, als ihre Nase in die Blumen zu stecken. Von so einem Tag werde ich wohl noch lange träumen müssen.

Die Geschäftigkeit nimmt neuerdings zu, in dem Maße, in dem das Festival Gestalt annimmt. Jawohl. Sie haben richtig gehört, Festival. Sylvie und Yaïr planen ein Festival, hier am Ort, damit endlich Leben in die Schatten kommt.

Die Gnädige ist noch mehr irritiert als sonst. Sie haßt es, wenn alle Suiten des Schlößchens besetzt sind, und schreckt nachts gerne die Gäste, ganz in Weiß.

Für mich bedeutet das Festival, daß wir bleiben. Yaïr gerät ins Schwitzen, so viele Ideen hat Sylvie. Und ich bin neugierig, neugierig auf alles.

Als ich einer jungen Dörflerin namens Miezi davon erzählte, wurde sie ganz aufgeregt. Die Einheimischen, erklärte sie mir, liebten nichts so sehr als Feste. Gemeinsam essen, trinken und sich unterhalten.

»Ein Festival ist nicht nur ein Fest«, versuchte ich sie aufzuklären. »Fest ist Fest und -ival ist soviel wie Programm.« Sie aber meinte, das Programm würde sie schon in Kauf nehmen, wenn nur die Bewirtung stimmte.

Da faßte ich einen Plan. »Wie wäre es, liebe Miezi, wenn auch wir etwas beisteuerten? Wie ich höre, gibt es ein paar annehmbare Naturstimmen im Ort. Ich denke da an einen kleinen gemischten Chor, sozusagen als Mitternachtsüberraschung.«

Miezi schien wie elektrisiert. »Mit eigener Verpflegung?« fragte sie, als könne sie es nicht glauben.

»Die werden wir auch noch auf die Beine stellen.« Das konnte ich leicht versprechen, war ich mir doch sicher, daß ich vom Bankett genügend würde abzweigen können.

»Juchuuu!« rief Miezi und drehte sich mehrmals um sich selbst, als wollte sie ihren Schwanz einfangen.

»Es kommt natürlich auf dich an«, versuchte ich sie zu einer diplomatischen Mission zu bewegen.

»Wieso auf mich?« Sie hatte Charme. Bei Gott, sie hatte Charme. Ich räusperte mich. »Das Einvernehmen zwischen mir und diesen Wilderern – du weißt, wen ich meine – muß erst noch hergestellt werden.«

Sie runzelte die reizende Stirn und wischte sich ein paarmal übers Ohr, während sie den Blick starr auf mich gerichtet hielt. »Eine Mitternachtsüberraschung, sagst du, mit gemischtem Chor, sagst du, und eigenem Buffet, sagst du?«

Ich nickte bekräftigend.

»Ich werde sehen, was sich machen läßt.« Und schon war sie durch die Büsche auf und davon.

Ich war so überwältigt von meiner Idee, daß ich mich hemmungslos im Gras wälzte. Nur Ideen machen das Leben lebenswert. Ich nieste mehrere Male und nickte vor Begeisterung auf der Stelle ein.

Als ich die Augen wieder öffnete, dachte ich zuerst, ich hätte den ganzen Tag verschlafen, so finster erschien mir die Welt. Und als ich erkannte, was da meinen Blick trübte, erschrak ich erst recht. Es war der dicke Schwarze, der mir die Sonne verstellte.

»Eine Mitternachtsüberraschung, sagst du, mit gemischtem Chor, sagst du, und eigenem Buffet, sagst du?« Er durchbohrte mich mit seinem Bernsteinblick. Ich nickte eifrig.

»Wir leben in einem Fremdenverkehrsgebiet«, meinte er dann bedächtig, »da muß man von Zeit zu Zeit über den eigenen Schatten springen.«

»Schatten, natürlich ...«, erwiderte ich.

»Dann versammle ich meine Leute heute abend zur Chorprobe. In eurem Schuppen, abgemacht?«

»Abgemacht!« Er hatte »In eurem Schuppen« gesagt. Ich würde noch auf der ganzen Linie siegen.

»Gegen zehn?«

»Gegen zehn!«

Wir trennten uns im allerbesten Einvernehmen.

Als ich ins Schlößchen kam, konnte ich nicht umhin, der Gnädigen Andeutungen zu machen. Sie schwieg reserviert. Keine Rede davon, daß sie womöglich Lust hätte, mitzutun.

Dafür würden Sylvie und Yaïr Augen machen. Was heißt Augen – Ohren. Und in meiner Vorfreude sah ich mich schon als geachteten, wenn auch ein wenig extravaganten Ortsbewohner und Jagdherrn fürderhin meine Tage genießen.

Die Kränkung

Er steckte in einem unmöglichen karierten Sakko und übertrieb die Nachahmung in der Art ordinärer Witze, strich sich über vorgegebene Brüste, wackelte mit dem ausgestellten Po, verdrehte die Augen und ging mit der Stimme hinauf. Und wie er da so vor ein paar Leuten, die schon im Gehen waren, die große Schau abzog, war klar, daß er jemandem eins auswischen wollte und dabei seinem Hohn freien Lauf ließ.

Martha war zufällig dazugestoßen, auf der Suche nach Bruno, und kam nichtsahnend hinter den anderen zu stehen. Ihre Blicke trafen sich, als sie bereits gehört hatte, was er sagte: »Nicht die geringste Ahnung von Lebenlassen, aber zur Kasse bitten. Zur Kasse bitten und dafür selber noch kassieren ...« Da begriff sie, daß sie es war, der er auf so heillose Weise nachspottete.

Er zuckte kaum merklich mit dem Lid angesichts ihres fassungslosen Schauens, und dann sah sie den Haß in seinen Augen. Sie kannte den Mann nicht, hatte nie ein Wort mit ihm gewechselt, glaubte aber zu wissen, wer er sein konnte.

Erst jetzt fiel ihr auf, daß Bruno in der Nähe stand, schräg vor ihr, ohne sie bemerkt zu haben. Er stand da und schmunzelte. Sie konnte ihn zwar nur von der Seite sehen, kannte ihn jedoch gut genug, um sicher zu sein, daß er schmunzelte.

Daraufhin ergriff sie die Flucht, hoffend, daß die vor ihr

Stehenden von ihrem ungelegenen Auftauchen ebensowenig Notiz genommen hätten.

Sie stand gerade vor dem Spiegel und sah nach, ob ihr Gesicht wieder herzeigbar war, als Olga aus der Toilette gerauscht kam. »Du warst perfekt, meine Liebe!« Olga zückte ihren Lippenstift wie einen Pinsel und malte mit dicken Strichen über ihren Mund.

»Wir haben eine Menge Spendenangebote.«

»Hoffentlich nicht nur Angebote.«

Olga lächelte anzüglich. »Wenn die Schecks alle gedeckt sind, halleluja!« Sie deutete eine Umarmung an. »Profi ist Profi, danke nochmals!« Schon war sie davongeflattert. Der Abend dauerte noch.

Sie war nicht sicher, ob sie nicht auch Olga unter den Leuten beim Ausgang gesehen hatte. Eher nicht. Was sollte Olga auch anderes zu ihr sagen? Sie hatte, im Gegensatz zu den Verleumdungen ihres Feindes, nichts für die Moderation verlangt. Ein wenig glaubte sie sogar an die gute Sache.

Bruno kam aus dem Badezimmer und legte sich zu ihr. Nicht gerade fordernd, doch ließ er sie wissen, daß er nicht abgeneigt wäre. Sie drehte ihm wie schlaftrunken den Rücken, entzog ihm ihre ungeschützte Seite. Er bestand nicht weiter darauf, nicht einmal auf einem Kuß. So brauchte er das eigene Gähnen nicht zu unterdrücken.

Es seien ihre Augen gewesen, hatte Bruno früher oft behauptet, die ihn ihr hätten anheimfallen lassen. Anheimfallen war gut. Die, die sie nicht näher kannten, hätten ihr nie zugetraut, daß sie häuslich war. Sie war es.

Hatte der Mann nicht auch etwas von Kuhaugen geätzt?

Bruno hatte nur geschmunzelt und nicht etwa versucht, der leidigen Darbietung dieses arbeitslosen Schauspielers auch nur mit einem Wort Einhalt zu gebieten. Nicht mit einem einzigen. Sie glaubte jetzt zu wissen, daß es einer jener arbeitslosen Schauspieler war, die das Stadttheater eingespart hatte. Bruno aber hatte nur geschmunzelt. Was heißt geschmunzelt, gegrinst.

Sie konnte sich nicht vorstellen, warum dieser Mann sie so haßte. Vielleicht wäre er selber gerne an ihrer Stelle auf dem Podium gestanden? War das ein Grund?

Und Bruno hatte gegrinst. Das schmeckte nach Verrat, und in diesem Augenblick war sie bereit, in den Abgrund dieses Wortes zu schauen. Hätte sie Bruno nicht grinsen sehen, sie wäre sofort zu ihm gelaufen, wie sie immer und mit allem zu ihm zu kommen sich erlaubte, hätte ihm von der Verächtlichmachung erzählt und einen Verbündeten gewonnen. Wo stand geschrieben, daß Bruno immer ihr Verbündeter sein mußte? Daß er überhaupt ihr Verbündeter war? War er es je wirklich gewesen?

Sie goß sich Tee nach. Etwas davon spritzte auf die Tischdecke. Mit sachkundigem Blick stellte sie fest, daß die Spritzer im Muster verschwanden, sich sozusagen mit dem Muster tarnten. Sie mußte nicht sogleich die Decke vom Tisch reißen und sie in die Maschine stopfen. Das hatte Zeit, bis andere, nicht getarnte Flecken hinzukamen.

Sie hatte die Zeitung durchgeblättert und einen winzigen Bericht über den Abend, der unter Wohltätigkeitsveranstaltung lief, gefunden. Sie selbst war nur mit einem einzigen Satz, der nicht Fisch und nicht Fleisch war, erwähnt. Was hatte sie denn erwartet? Wo es selbst über die gute Sache nur drei

Zeilen gab. Natürlich war es ihr wichtig, daß ihr Mitwirken der guten Sache auch zugute kam, aber sie war nicht die gute Sache.

Bruno hatte die Zeitung vor ihr gelesen und sie ihr, als er gehen mußte, mit einem Abschiedskuß überlassen. Ohne Kommentar. So als hätte er längst vergessen, daß es diesen Abend gegeben hatte. Vorgestern. Früher hätte er ihr sogar diesen einen unbedeutenden Satz aufgeschlagen unter die Nase gehalten. Mit einer ironischen Bemerkung zwar, aber er hätte es getan.

Eine jener fetten Hausspinnen, die mit ihren acht Beinen selbst auf größere Entfernungen hin etwas in ihrer Wirbelsäule – gewiß das Mark – zum Vibrieren brachten, überquerte vorsichtig und immer wieder innehaltend die gegenüberliegende weiße Wand. Auch diesmal hatte Martha eine ähnliche Empfindung, die aber in dem Maße abklang, in dem sie sich Zeit nahm, der Spinne zuzuschauen. Sie hatte keine Ahnung, ob die Spinne sie sah, ob sie sie als Lebewesen, vielleicht sogar als Menschen, wahrnahm. Höchstwahrscheinlich nicht. Die Gefahren, mit denen die Spinne rechnete, waren wohl anderer Natur. Sie war für die Spinne weder erfaßbar noch vorhersehbar. Was war schon vorhersehbar? Welche Art von Angriff?

Sie beschloß, die Spinne in Ruhe zu lassen. Sie nicht wie die anderen sofort aus dem Fenster zu werfen. Für gewöhnlich angelte Martha sie sich mit einem langstieligen Besen von der Wand und schoß sie damit in den Vorgarten. Da sie ebenerdig wohnten, ging das. Den Besen holte sie erst nach einer Weile wieder ins Haus, wenn sie sicher sein konnte, daß das Tier sich ins Gras geflüchtet hatte.

Die Spinne schien erschöpft zu sein oder besonders vorsichtig. Aber was war das für eine Vorsicht, fett und schwarz, weithin sichtbar, auf einer so großen weißen Fläche innezuhalten? Wo jeder, der Lust dazu hatte, sich an einem vergreifen konnte.

Sie mußte irgend jemanden anrufen, der dabeigewesen war, ohne etwas mit der Organisation zu tun zu haben. Nur für ein paar Sätze unvoreingenommenen Urteils. Ein, zwei Sätze Publikumsmeinung, handfest und unbefangen. Aber ihr fiel niemand ein.

Obwohl sie wußte, daß das Unsinn war, versuchte sie sich vorzustellen, wie diese Spinne sie sah, welche Wahrnehmung sie von ihr hatte. Wenn sie schon länger hier in der Wohnung lebte, mußte ihr und Brunos Anblick ihr irgendwie vertraut vorkommen. Oder löste sie tatsächlich alles, was sie sah, in kleine achteckige Bilder auf?

Olga schien noch geschlafen zu haben, wollte es sich aber nicht anmerken lassen. »Ach, du bist es?«

»Wie läuft's denn? Kriegen wir den Wagen voll?«

Jetzt gähnte Olga trotzdem. »Höchstens bis zur Hälfte. Es bleibt nur mehr eins, herumtelefonieren. Die Menschen persönlich ansprechen: Sie in Ihrer Position, Sie werden sich doch nicht nachsagen lassen … Denken Sie daran: Wer nicht hilft zur rechten Zeit, muß sehen, was von ihm übrigbleibt! Dir wird schon etwas einfallen.«

»Mir nicht. Du weißt, daß ich das nicht kann.« Sie stockte, ließ eine kleine Pause zu. »Kann das nicht dieser Schauspieler machen?«

»Was für ein Schauspieler?«

»Der mit dem unmöglichen karierten Sakko in der ersten Reihe. Ich glaube, er ist nicht mehr am Stadttheater …« Sie bewunderte sich geradezu, wie sie da so versuchte, etwas über diesen Mann in Erfahrung zu bringen.

»Schauspieler?« Auch Olga hielt einen Augenblick die Luft an. Martha konnte durchs Telefon sehen, wie sie die Haut über ihrem Computer runzelte. »Wenn du dasselbe Sakko meinst wie ich, dann bedeckt es den Oberkörper eines Funktionärs.«

»Was meinst du mit Funktionär?«

»Multifunktionär. Ich weiß zwar nicht, in welcher Funktion er bei uns war, aber ich habe ihn schon als Pressesprecher, als Konzertmanager und als freien Mitarbeiter erlebt.«

»Und?«

»Was und? Bist du scharf auf ihn? Der Typ ist ja nicht unwitzig. Wenn du darauf bestehst, arrangiere ich gerne eine kleine Schweinerei.«

»Gott bewahre!« Es traf sie unerwartet. Sie würde darüber nachdenken müssen. Nicht unwitzig ... Sie hatte gehofft, Olga, die für ihre bösen Bemerkungen bekannt war, würde tief in die Trickkiste greifen und einen Ausdruck daraus hervorholen, der diesen Mann ein für alle Male ins weit aufgerissene Maul der Lächerlichkeit katapultierte.

»Selber scharf drauf«, zischte sie und legte auf.

Martha machte eine Entdeckung, die sie fürs erste unendlich erstaunte. Bruno war auf einen Kaffee nach Hause gekommen, das tat er öfter, vor allem dann, wenn er abends zu einem Essen mußte. Aber er bemerkte nicht, daß sie herumredete. Sie hatte befürchtet – oder sollte es eher heißen, gehofft? –, es würde schwierig sein, über Belangloses zu reden, wo doch nur das eine sie wirklich beschäftigte, nämlich woher der Haß kam. Sie wollte Bruno keinesfalls merken lassen, daß sie ihn beim Grinsen ertappt hatte, und alles, was sie zu ihm sagte, erschien ihr wie lügen, selbst die Frage, ob er noch Milch in seinen Kaffee wolle. Er hinwiederum sagte nur das Übliche, daß er keine Lust habe, nochmals wegzugehen, doch was bleibe ihm anderes übrig. Mit dem Unterschied, daß es ihr noch nie so sehr als das Übliche erschienen war. Und er merkte nichts, nicht das geringste. Sie erinnerte sich, wie unglücklich sie manchmal als Kind gewesen war, wenn sie gelogen hatte und ihre Mutter ihr glaubte, bloß weil sie sich nicht die Mühe machen wollte, herauszufinden, ob es die Wahrheit war.

Vielleicht hörte Bruno ihr gar nicht mehr richtig zu. Hatte ihr auch früher nicht richtig zugehört, wenn sie in beispielloser Offenheit alles vor ihm ausbreitete? Oder hörte ihr – der vielen Erzählungen müde geworden – seit geraumer Zeit nicht mehr zu. Seit wann? Sie mußte irgend etwas Entscheidendes übersehen haben. Ihr Blick schweifte ab, als suchte er etwas, und erst als sie sie entdeckte, zwei Handbreit über dem Fußboden, kam ihr zu Bewußtsein, daß sie nach der Spinne Ausschau hielt. Die hatte sich kaum bewegt, war in zwei Tagen höchstens ein paar Meter vorangekommen und an dieser Stelle wieder stehen- oder, besser gesagt, haftengeblieben. Wie sie ihr wohl, von dort unten gesehen, vorkommen mochte? Irgendein Bild wurde doch auch von den winzigen Spinnenaugen in das winzige Spinnenhirn übertragen?! Sahen Spinnen eigentlich infrarot? Sie hätte einen Tag ihres Lebens dafür gegeben, wenn sie ihr Bild mit den Spinnenaugen hätte sehen können.

Sie war immer der Überzeugung gewesen, Bruno würde sie – wie sollte sie es sagen – erfassen, ja, erfassen, zumindest in dem Moment, wo er sich ihr zuwandte. Er goß sich Kaffee nach und sagte, daß es gewiß nicht spät werden würde. Aber er begriff nicht, daß sie ihn beobachtete. So weit hatte er sich schon hinter die Linie ihres Zusammenseins zurückgezogen. Sein Freiraum war dermaßen abgekoppelt, daß er tatsächlich nicht merkte, wie sie ihm dahin zu folgen versuchte. Nicht um ihn aufzuscheuchen. Sie hätte nur gerne gewußt, wie lange er schon alleine spielte und ob ihr Bild dahin keinen Schatten mehr warf.

Sie mußte selber noch einmal weg, zu einer Vernissage, nicht so sehr des Künstlers wegen, sondern weil sie sicher sein konnte, dort ein paar Leute zu treffen, die sie für ihr nächstes Projekt zu interessieren hoffte. Sie brauchten sich nur noch darauf zu einigen, wer als erster ins Bad ging.

Eigentlich hätten sie bei ihrer Art zu leben ein zweites Bad gebraucht. Es stimmte ja auch, daß sie nun mehr verdienten, als sie ausgaben. Vor allem Bruno. Aber ein zweites Bad hätte eine größere Wohnung bedeutet, und das überstieg schon wieder ihre Verhältnisse, zumindest in dieser Stadt. Vor ein paar Jahren wäre da noch etwas zu machen gewesen. Aber da hatten sie noch mehr ausgegeben, als sie verdienten. Und Hochstapler, die sie waren, hatten sie immer dann, wenn sie knapp vorm Bankrott standen, eine Flasche Champagner im Kühlfach. Ach, Bruno! Ihr war, als müsse sie in dieser Sekunde in Tränen ausbrechen. Er war längst entwischt und hatte sein vermeintliches Zuhören als Augenschein dagelassen. Sie war wirklich eine blöde Kuh. War dieser Feind ein Hellseher? Produzierte sie sich immer noch vor dem eigenen Mann, im Glauben, es würde ihn zumindest amüsieren, wenn er schon nicht mehr ihr Komplize war? Sie griff nach Brunos Hand und preßte sie an die Wange. Er zuckte unwillkürlich. »Na, na.« Er tätschelte ihren Nacken. »Ich schwöre, ich bin vor Mitternacht zurück.«

Etwas an ihr mußte verachtbar, mußte hassenswert sein. Sie glaubte an die Echtheit solcher Gefühle. Etwas an ihr mußte diesen Mann dazu gebracht haben, sie dermaßen bloßstellen, ja geradezu vernichten zu wollen. Was war es? Vielleicht wirkte es auch auf andere so? Sie mußte es herausfinden. Nicht, weil sie hätte glauben können, daß der Mann recht hatte, sie wollte es nur wissen, um sich vorzusehen.

Stimmt, ihr Auftreten war ein wenig gekünstelt. Sie hatte das geradezu kultiviert, trug auch immer Schuhe mit sehr hohen Absätzen. Sie konnte sie tragen. Es gehörte zu ihr. Man mochte es, oder man mochte es nicht, das war eine Frage des Typs. Oder hatte sie in letzter Zeit doch ein wenig übertrieben? Und Bruno, dem das nicht weiter aufgefallen war, so wie sie das Zunehmen seiner Stirnglatze kaum bemerkte, hatte geschmunzelt, wie es ihm in diesem Moment aufgefallen war, sozusagen im nachhinein. Er hatte geschmunzelt, wie er über vieles schmunzeln konnte, das sie gar nicht komisch fand. Aber war das genug, um zu hassen? Dieses bißchen Übertreibung? Und Bruno hatte auch nicht geschmunzelt, er hatte gegrinst.

»Martha, Herzchen, schon wieder ein neues Projekt? Da kann ich nur staunen. Sie sollten sich in der verstaatlichten Industrie engagieren, die stünde gleich anders da. Wo nehmen Sie nur immer die Ideen her?« Es war Kata Kisch, die schärfste Zunge zwischen Wien, Brünn und Budapest. Sie war nach den beiden anderen Ländern hin versippt, was sie gerne betonte, und nur die Tatsache, daß sie sich an ihr künstliches Gebiß noch nicht gewöhnt hatte, zwang sie zur Zeit, ihre Redegeschwindigkeit zu beschränken. »Natürlich alles erste Ware!« Kata zog sie in eine Ecke und fletschte die neuen Zähne, daß

Martha schon befürchtete, sie würde sie herausnehmen, um ihr das Markenzeichen zu zeigen. »Man muß sich das schon etwas kosten lassen. Alles hiesig, keine Váci-útca-Billigware. Die halbe Regierung, vor allem die Gattinnen, fährt ja nach Ungarn zum Zahnarzt. Und nach zwei Jahren springen ihnen die Kronen raus, als wären es Druckknöpfe.«

Kata Kisch war hauptberuflich Witwe, und sie verwaltete den Nachlaß ihres Mannes, eines mittlerweile sehr bekannten Malers, mit Respekt abnötigender Hingabe. Es war keine Übertreibung, wenn es hieß, daß erst durch ihre unermüdliche Tätigkeit der sehr bekannte Maler aus ihm geworden war, nämlich posthum.

»Heute schon gekeilt?« fragte Kata plötzlich, und so wie das aus ihrem violett umrandeten Mund kam, nötigte es selbst Martha ein Lächeln ab. Keilen. Wie lange sie dieses Wort schon nicht mehr gehört hatte, aber es bedeutete genau das, was sie tat: jemanden dazu bringen, in eine Sache Geld oder Arbeit zu stecken oder beides. Eine Sache mit Zukunft. Dabei ging die Rede von Projekten und den dazugehörigen Investitionsschüben, von Finanzierungs- und Abschreibungsmanövern. Aber das war alles schon in dem Wort »keilen« enthalten. Auch Kata wußte, wovon sie redete. Sie lebte davon, Leute für das Projekt »der sehr bekannte Maler Emmerich Kisch« zu gewinnen, sie zu einem Ankauf zu verführen oder sie dazu zu bringen, daß sie über ihn schrieben.

»Bin zu spät oder zu früh gekommen. Ich sehe da niemanden.«

»Mach dir nichts draus, Herzchen, deinen Stöckelschuhen kann ohnehin niemand widerstehen. Ist es nicht heute, so ist es morgen.« Kata riskierte einen Seitenblick auf eines der ausgestellten Bilder und schüttelte sich. »Laß uns zum Buffete schreiten« – sie sagte tatsächlich »Buffe-te« –, »bevor es mir endgültig den Appetit verschlägt. Was die sich heutzutage aufzuhängen trauen! Dafür würde ich morgens nicht einmal aus dem Bett steigen!«

Kata packte sie am Handgelenk und zog sie unbeschadet durch die Menge der Vernissagebesucher, als kenne sie das Wegmuster eines geheimen Labyrinths, nur daß sie nicht vor einem brüllenden, stampfenden Stier landete, sondern vor seiner Roastbeefform. Und wenn Kata für eine einzelne Farbe eine Schwäche hatte, dann war es dieses sich aus dem graubraunen Rand zur Mitte hin steigernde Blutrosa, dessen feuchter Schimmer ihr die Spucke in den Mund trieb. Das war bekannt.

»Das Geheimnis erfolgreicher Arbeit ist«, behauptete Kata zwischen zwei Bissen, »daß dabei gegessen werden kann.« Ihr Dekolleté war ein wenig zu groß, und der Anhänger, den sie an einer goldenen Kette um den Hals trug, verschwand gelegentlich zwischen ihren beiden Brüsten.

»Keilen«, Martha kam von dem Wort nicht los. Es hatte eine Zeit gegeben, sie dachte ungern daran zurück, da hatte auch Bruno »keilen« gehen müssen. Von Wohnungstür zu Wohnungstür. Um Menschen, die er nicht kannte und die er auch kaum je hätte kennenlernen wollen, davon zu überzeugen, daß sie neue Fenster brauchten. Fenster in Leichtmetallrahmen, Normgröße oder nach Maß. Und wenn er abends nach Hause kam, war er düster und mürrisch gewesen, und vor allem heiser, vom vielen Überreden. Zum Glück hatte diese Zeit nicht lange gedauert. Nach einem Jahr war der Flop, den er gebaut hatte, vergessen, und er konnte wieder in seiner eigenen Branche einsteigen.

»Sag ehrlich, Kata«, brach es aus Martha hervor, und Kata

fiel eine dritte Scheibe Roastbeef, die sie gerade aufgespießt hatte, auf die Platte zurück. Sie ließ sie vorderhand liegen, wo sie lag, es stand ja noch alles zur Verfügung. Das Buffet war noch nicht eröffnet, aber kleine Formfehler dieser Art hatten Kata noch nie gestört.

»Was denn, willst du mich hypnotisieren? Reiß die Augen nicht so weit auf, sonst läuft noch die Tusche über.«

Martha sank in sich zusammen, und das Wort »Kuhaugen« lief als Knoten durch das Netz ihres Gedächtnisses.

»Was soll ich dir ehrlich sagen? Es ist zwar das Dümmste, worum man jemanden bitten kann, aber bei meiner Schwäche für deinen Rinderblick … na, mach schon!« Sie hatte das Geschau einer Nachteule, einer rinderverzehrenden Nachteule, und Martha war klar, daß sie den scharfen Schnabel schon noch zu spüren bekommen würde. Aber da sie nun einmal damit angefangen hatte, blieb ihr nichts anderes übrig, als weiterzureden. Sie hob die Brüste ein wenig an und fuhr sich durch das hennagespülte Haar. »Du warst doch dabei, neulich?!«

Kata holte sich nun doch die dritte Scheibe Roastbeef auf den Teller. Für alle Fälle.

»Du weißt schon, die gute Sache. Wie war ich?«

Kata Kisch kniff das eine Auge zu und bewegte die Nasenflügel, als müsse sie erst herausfinden, wonach die Sache roch.

»Was willst du hören? Es ging nicht um den Nobel-Preis, soviel ich weiß. Und sollte jemand das angenommen haben, sein Pech! Hat Olga etwa …?«

»Nein, nein!«

»Na also. Du hast deine Sache ordentlich über die Bühne gebracht. Mehr war nicht gefragt.«

Kata hatte offensichtlich keine Lust, ihr Blumen zu streuen.

Es war sinnlos, sie weiter zu nötigen. Halbherzig versuchte sie es ein letztes Mal. »Ich muß mich also nicht genieren?«

Kata hielt bereits mit der Gabel vor dem Mund und schloß die Angelegenheit ein für alle Male ab. »Wenn du dich unbedingt genieren willst, genier dich für die Figur, die du noch immer hast. Ein anständiger Mensch nimmt beim Älterwerden Formen an, verstehst du?« Und sie schüttelte andeutungsweise ihren Hüftspeck, während sie lüstern das Maul aufsperrte, um sich endlich die dritte Scheibe einzuführen.

Martha fand und fand kein Lächeln. Was sollte das nun wieder heißen? Sie war keine Vierzig. Mit dem Älterwerden konnte man ihr noch nicht kommen. Oder doch?

Kata leckte sich gesättigt die Lippen, ohne die violetten Konturen zu beschädigen. Ihr Suchblick kehrte sich wieder der Menge zu. »Schon Licht am Horizont?«

Martha zuckte gekränkt die Schultern. Auch sie hatte die Berufsscheinwerfer wieder eingestellt. Essen? Essen konnte sie auch später. Es hatte schon etwas auf sich mit ihrer Figur.

Im nächsten Augenblick bewegten sie sich beide synchron. Ihrem Blick war etwas ins Netz gegangen, das die unsichtbaren Fäden in Schwingungen versetzte. Beide strafften sich und hoben den Kopf, doch während Kata einen Schritt nach vorn tat, wich Martha instinktiv um dieselbe Länge zurück.

»Na, wer sagt's denn?« Kata klemmte ihre ausgebeulte Doktortasche unter den matschigen Oberarm, der unter der Anstrengung beinah zerfloß und umso breiter wurde, je fester sie ihn auf die Tasche drückte. »Besser hätte es gar nicht kommen können. Heute entwischst du mir nicht, mein Rauscheengel!« Kata setzte sich zielstrebig in Bewegung. »Wenn dir meine Freundschaft etwas wert ist, Herzchen, kommst du mir in den nächsten zehn Minuten nicht in die Quere, abgemacht?«

Martha wich noch einen kleinen Schritt zurück und stieß dabei ans Buffet. Es war das unmögliche karierte Sakko, auf das Kata Kisch mit der Unbeirrbarkeit eines nachtsehenden Raubvogels zustieß. Martha hielt den Atem an, und dann spürte sie den Tellerrand an ihrem Hintern.

Bruno saß im Bademantel vor dem Fernseher und schaute den Nachtfilm an. Marthas Füße brannten. Sie war zu Fuß nach Hause gekommen, durch die halbe Stadt. Und dafür waren diese hohen Absätze nun wirklich nicht gemacht. Zu Fuß, weil sie mit niemandem reden wollte. Selbst die Frage des Taxifahrers, wohin er sie bringen solle, wäre ihr zu viel gewesen. Und in der U-Bahn litt sie an Platzangst.

Sie zog die Schuhe aus und holte sich ein Glas Wein. Als sie am Eßplatz vorbeikam, sah sie etwas auf dem Boden liegen. Es war die Spinne. Von der Wand gefallen und tot. Oder hatte am Ende Bruno? Nein, nicht Bruno. Sie holte Besen und Schaufel. Spinnen starben nun einmal. Wahrscheinlich konnten auch sie es sich nicht aussuchen, wo und wann es passierte.

Bruno hatte nur die Finger zum Gruß bewegt. Ein spannender Film offenbar. Sie war froh, daß er sich nicht weiter um sie kümmerte. Jetzt, in diesem Augenblick, war sie froh darüber. Sie setzte sich und nahm einen Schluck. Vorher zog sie sich noch rasch aus, um nicht mit ihrem von Sauce tatare bekleckerten Rock einen Fleck auf die Polsterung zu machen. Es war Katas Teller gewesen.

Unglücke spielten sich immer auf mehreren Ebenen ab. Sie würde keinen Ton zu Bruno sagen. Nach alldem schon gar nicht. Sie würde es auch noch lernen, sich von außen zu sehen. Unmöglich, wie sie sich immer alles gleich von der Seele geplappert hatte. Heute hätte Bruno nicht nur gegrinst, er hätte lauthals gelacht. Warum eigentlich? Weil sie versucht hatte, etwas herauszufinden? Oder weil es ihr mißlungen war?

Sie hatte Kata keine knappen, sondern gute zehn Minuten gegeben. Kata war eine Strategin, die zu ihrem Wort stand. Als sie Martha anrücken sah, räumte sie sofort das Feld. Und soweit hatte auch sie, Martha, die rechte Begabung, denn sie schob sich genau in dem Augenblick dazwischen, als Kata Raum genug dafür ließ, ohne daß ihr jemand hätte zuvorkommen können.

»Warum hassen Sie mich eigentlich so?«

Dem karierten Sakko drohte ein Knopf abzuspringen, so ausführlich reckte sich der Leib, aber das Gesicht zeigte nichts als taube Verblüffung. Kein Erschrecken des Wiedererkennens, kein Funke Verlegenheit, bloß pure Verwunderung. Sie half der Erinnerung ein wenig nach, indem sie sich nun selber überspitzte und dazu etwas von »zur Kassa bitten« flüsterte. Damit erzwang sie schließlich doch noch einen Gedankenblitz.

»Du meine Güte, ich bin berüchtigt wegen meiner unqualifizierten Äußerungen. Das hat überhaupt nichts mit Ihnen zu tun. Außerdem entschuldige ich mich nie!« Er hatte sich ganz in der Hand und war der Zyniker, als der er seinem Ruf gerecht zu werden versuchte.

»Je näher ich Ihnen komme, desto unqualifizierter ...« Er starrte ihr so dermaßen unverschämt auf die Brüste, daß sie sich unwillkürlich ein wenig wegdrehte. Aber da hatte sie nicht mit seinen flinken Händen gerechnet, die husch-husch über ihren Hintern strichen. »Kack!« hörte sie ihn im selben Augenblick sagen, und schon holte er sein Taschentuch hervor, um sich Katas Sauce tatare von den Fingern zu wischen. Da war er wieder zum Vorschein gekommen, der Haß. Blank und groß.

Und sie hatte wiederum die Flucht ergriffen.

Es war gut, daß Bruno nichts wußte. Wo stand geschrieben, daß er immer alles wissen mußte? Die Vertrautheit, in der sie sich mit ihm gewähnt hatte, war wie das verlorene Paradies. Sie hatte nur nicht bemerkt, daß sie schon eine Weile alleine darin nach Äpfeln suchte. Ihr war längst das Geheimnis abhanden gekommen, jetzt hatte sie wieder eines, die absolute Lächerlichkeit. Pst! Nicht einmal dran denken wollte sie mehr. Und als sie Bruno so vor dem Fernseher sitzen sah, schien er ihr ziemlich abgeschlagen. Und wie vorsichtig er sich umwandte, um ihr zu deuten, daß er auch gerne ein Glas Wein hätte. Mit den Bandscheiben war nicht zu scherzen. Sie lächelte breit und für sich. Na ja, auch nicht mehr der Jüngte.

Salon Ramona

Das Chaos zeigte die Krallen. Eine Katze, zwei Hunde und ein etwa vierjähriges Mädchen tobten um die Trockenhauben herum. Da drehte sich die Katze im Sprung und fauchte, die Hunde versuchten zu bremsen und kläfften, während das kleine Mädchen über sie alle drüberfiel und sich den Kopf anschlug.

»Schluß jetzt!« schrie Frau Ramona, ließ den Kopf der Kundin am Rande des Waschbeckens liegen, hob ihr Kind auf, suchte nach der größten ihrer Scheren – angeblich verhindert Metall die Beulenbildung –, drückte sie der Kleinen auf die Stirn und wiederholte ein ums andere Mal: »Wir hatten doch etwas ausgemacht! Oder?«

Das Kind schluchzte noch ein wenig und verrieb den Rotz auf seinem Kinn. Frau Ramona angelte sich eines der nassen Handtücher und wischte brutal das Gesicht ihrer Tochter sauber, was dieser von neuem die Tränen in die Augen trieb. »Na also!« Dann packte sie die Katze in einen offenen Korb, den sie aufs Fensterbrett stellte. Die Hunde scheuchte sie hinter die Kassa, dem Kind aber drückte sie ein Comic in die Hand.

»Sie müssen entschuldigen«, sagte sie höflich zur Kundin, deren Genick sich schon ganz steif anfühlte, »aber meine Kollegin hat eine Wurstvergiftung, das Lehrmädchen ist in der Berufsschule, das Auto mußte zur Reparatur, in der Wohnung oben sind die Handwerker, und der Kindergarten hat einen

Ausflug gemacht. Ohne Auto sind wir natürlich zu spät gekommen, da waren sie alle schon weg.«

Das Genick fühlte sich nicht mehr nur steif an, es tat auch weh, die Kundin war nämlich ich. Und den Kopf zur Unzeit zu heben bedeutete, daß einem das Wasser in den Nacken lief, auch das war schon geschehen. Bei allem Mitgefühl für Frau Ramona bat ich sie nun doch, mir ein Handtuch über den gewaschenen Kopf zu wickeln, damit ich nicht auch noch fröre, wenn sie, wie angekündigt, rasch nach den Handwerkern sehen wollte.

»Und Ihr Mann?« fragte ich, als sie mir einen imposanten Turban auf dem Kopf errichtete.

»Sie meinen Schorschi?« Sie zuckte die Achseln. »Sie wissen ja, wie das ist.«

»Harr, harr!« sagte ich, so gut ich es seinerzeit von meinem Sohn gelernt hatte. Es gab ihn also noch, den Kater Carlo, ich war gerührt.

»Und wie heißt du?« Das Kind hatte sich mit dem Ellbogen auf meinem Knie aufgestützt.

»Maxi!«

Ich schaute über den Rand meiner Lesebrille, deren Bügel ich nach einigem Hin und Her doch noch im Turban hatte installieren können. Vielleicht hatte ich mich geirrt, und es war ein Bub. Die Haare kurz, die Hosen lang, wie sollte man da so genau unterscheiden können. Ich suchte nach einem Trick. »Und wie sagt die Kindergartentante zu dir?«

»Maximiliane. Und jetzt lies!«

»Ächz!« machte ich und »Seufz!« und »Krkr!«

Einer der Hunde lag mit dem Kopf auf meinem Fuß, der sogleich einschlief, während der andere Hund auf mein freies Knie speichelte. Die Katze streckte sich, neugierig geworden, auf der Fensterbank und starrte aufmerksam auf das, was ihr wie eine unerträgliche Idylle vorkommen mußte. Ich versuchte dem großen Erschrecken voraus zu sein, indem ich mit dem Sprung, zu dem sie angesetzt hatte, rechnete.

Gerade als ich umblättern wollte, hielt Maxi meinen Arm an.

»Du mußt mich schauen lassen!« Sie nahm mir das Heftchen weg und breitete es auf meinen Schoß. Der Hund, den sie damit an der Schnauze kitzelte, nieste und legte den Kopf wieder auf mein Knie.

»Lies weiter!«

»So sehe ich nichts!«

»Nimm die Brille ab!« Woher die Kleine das nur wissen mochte. Ohne Brille konnte ich die Buchstaben zwar auch nicht ausnehmen, aber wenigstens die Bilder. Ich verließ mich auf meinen alten Wortschatz, der würde schon ausreichen.

Maxis Augen wurden immer größer. Darin glichen Mutter und Tochter sich auf unverkennbare Weise. Beider Augen waren riesig und veilchenblau – und sie konnten immer noch größere Augen machen.

Ich fand Spaß daran. Von Bild zu Bild ließ ich kühnere Sprechblasen steigen, während das Kind, das das alles wohl schon öfter vorgelesen bekommen hatte, von der Anstrengung des Vergleichens richtige kleine Runzeln bekam. Das trieb mich zu noch größeren Ausdenkleistungen. »Krächzewohl«, rief ich und »Fleuchzeflug«, als ein ziemlich räudiger Papagei auftauchte, gewiß ein Opfer Kater Carlos. Damit war ich offensichtlich zu weit gegangen.

»Kannst du überhaupt lesen?« fragte Maxi. »Oder tust du nur so?«

Da erfolgte der Sprung. Natürlich genau in dem Moment,

in dem ich nicht mehr damit rechnete. Die Katze hatte meine Schulter anvisiert – wahrscheinlich kam sie sich irgendwie ausgeschlossen vor –, doch ich hatte mich während des Sprungs noch bewegt. Was ihr unter die Pfoten kam, war mein Turban, an dem sie sich festkrallte, was ihr nichts half, denn sie rutschte mitsamt dem Handtuch ab, fiel auf die Hunde, die, obwohl sie sie kannten, nach ihr schnappten, und sie biß sie in die Ohren.

Maxi kreischte – es klang eher nach Vergnügen denn nach Schreck –, und mein befreiter, eingeschlafener Fuß ließ das Blut, wie Luftblasen im Sekt, nach oben perlen.

Frau Ramona kam soeben aus der Wohnung zurück. Lauthals setzte sie zu einem neuerlichen »Schluß jetzt!« an, da läutete das Telefon, und sie mußte hinter die Kassa, um abzuheben. Maxi kreischte noch immer, während die Katze längst wieder im Korb saß und unbeweglich starrte. Schuldbewußt trollten die Hunde sich in ihre Ecke und ließen sich seufzend auf eine alte Decke fallen.

Eine andere Kundin, die mit dem Rücken zu mir unter der Haube saß und von dem Katzensprung gar nichts gemerkt hatte, rief, ihr werde langsam zu heiß. Ihr Haar müsse längst trocken sein.

»Komm, lies weiter!« Maxi lümmelte nun auf meinem nicht eingeschlafenen Schenkel, während sie ein paar Schweinchen-Geschichten überblätterte. Donald war ihr doch der liebste.

»Ich dachte, wir hätten etwas ausgemacht?!« Frau Ramona schaute von der anderen Kundin her fordernd zu ihrer Tochter herüber. Maxi schüttelte beschwichtigend den Kopf. »Das sagt sie immer, lies weiter!«

Ich war besten Willens, aber der Schwung von vorhin wollte sich nicht mehr einstellen. Maxi mußte mir zu oft aushelfen.

So wie Frau Ramona sich kleidete, mit dem ausgeschlagenen Baumwollspitzenkragen und den bauschigen Blusenärmeln, dazu schwarze enge Jeans und Stiefel, hatte sie etwas von einem Grandseigneur an sich, nur daß sie anstatt mit dem Degen mit einer Schere hantierte, unter der ich soeben Haare ließ. Der Umhang, der ihre Garderobe perfekt gemacht hätte, lag auf meinen Schultern und sollte die abgeschnittenen Haare daran hindern, mir unter den Pullover zu kriechen.

Maxi saß auf dem Boden und malte. Sie hatte bei den Heften für die Kinderkunden ein altes Malbuch entdeckt, in dem es noch ein paar ungefärbte Seiten gab. Frau Ramona weigerte sich, noch einmal ans Telefon zu gehen, und irgendwann hörte es von selber zu läuten auf. »Es gibt Tage …« Frau Ramona kräuselte die lange, edel geschnittene Nase und sog hörbar die Luft ein. »Und dazu noch die Handwerker! Was soll ich Ihnen sagen? Am besten, ich sage Ihnen nichts!« Man konnte ihr förmlich ansehen, wie sehr sie den Handwerkern in ihrer Wohnung nachhing, so sichtbar wellte die Sorge über ihre Stirn. »Nach solchen Tagen muß man einfach am Wochenende aufs Land.« Ihre Augen wurden zu einem ganzen Veilchenstrauß.

»Haben Sie ein ständiges Quartier, oder fahren Sie einfach ins Blaue?«

»Ins Blaue ist gut!« Frau Ramona lachte geradezu ungeniert. »Manchmal wundere ich mich selbst, was an so einem Wochenende alles die Gurgel runterrinnt.«

»Trinken Sie gerne Wein?«

»Ich weniger, aber der Schorschi.« Sie warf einen langen, professionellen Blick auf die Haarspitzen vor meinen Ohren und maß dann mit Fingerbreiten, ob sie gleich lang waren.

»Meistens fahren wir ins Burgenland, aber neulich, am vorletzten Wochenende, waren wir in den Bergen eingeladen.« Ihr Blick zerschmolz vor Erinnerung und reichte sehr tief in den Spiegel. »Eine Art Fest. Typisch für die Gegend, aber rar. Man muß es lange vorher organisieren. Unsere Freunde – er ist Generalvertreter einer internationalen Kosmetikfirma – haben sich schon vor einem Jahr angemeldet. Es gibt nämlich nur eine solche Hütte, und die ist am gegenüberliegenden Ufer des Sees. Unsere Freunde haben ein Haus außerhalb des Dorfes, ganz im Stil der Gegend, mit viel Holz und Blumen in den Balkonkästen. Wir konnten bei ihnen übernachten.«

»Für mich hat extra ein Babysitter kommen müssen.« Maxi hörte für einen Augenblick zu malen auf und betrachtete das Farbstiftgekritzel.

Frau Ramonas Haut war sehr weiß und ihr kurzes Haar aufs äußerste gebleicht, so daß die langen, schwarz getuschten Wimpern wie exotische Farne um das Veilchenblau der Augen sprossen.

»Es war ein Traumwetter, wie man so sagt. Altweibersommer. Kein Wölkchen, kein Nebelstreif, kein gar nichts. Und die Bäume schon rotblond bis kastanienbraun. Die meisten von uns gingen zu Fuß. Wir hatten alle feste Schuhe und Parkas an, wie es sich für die Berge gehört. Der Weg am Ufer entlang war ja auch streckenweise ziemlich steinig.

Als wir ankamen, konnten wir noch draußen sitzen. Die Sonne war so orange, wie ich das noch nie erlebt hatte. Und der See wie ein Tiegel mit Malwasser.

Die Fischer hatten die Saiblinge schon geräuchert und brachten sie uns auf langen, schmalen Brettern. Zum Empfang gab es Schnaps, dann Wein und Bier. Von dem Rumtee habe ich nur einen Schluck gemacht. Wenn du den trinkst, sagte ich zu Schorschi, dann gnade dir Gott! Er hat sich zum Glück ans Bier gehalten. Er trinkt nämlich keinen Wein, den er nicht kennt.

Plötzlich ist die Sonne hinter die Berge geplumpst. Da stieg es vom Wasser so kühl auf, daß ich meine Nieren spürte. Also sind wir hineingegangen.«

»Wie viele Leute haben denn Platz in der Hütte?«

Die Katze hatte sich gestreckt und spazierte nun das Spiegelbord entlang, dabei zuckte sie unkontrolliert mit der Schwanzspitze. Frau Ramona machte »Scht! scht!«, aber die Katze beachtete es nicht.

»Wir waren insgesamt an die zwanzig. Mehr ist ungemütlich. In der Hütte ist nichts als eine hölzerne Sitzbank, die innen an der Wand entlangläuft, und in der Mitte befindet sich eine viereckige Feuerstelle. Die Getränke werden draußen in einem Trog gekühlt, nur dieser Rumtee steht in einer Blechkanne am Rand der Glut.

Ein Einheimischer spielte auf der Ziehharmonika, und die Frau von unserem Freund, dem Generalvertreter, sang ziemlich ordinäre Gstanzeln dazu, die recht lustig klangen. Die Fischer schenkten weiter Getränke aus und brachten später auch noch geräucherten Schinken und Käse.

Es war wunderbar. Lauter nette Menschen, Freunde von den Freunden, Geschäftsleute, Ärzte, Musiker, was weiß ich, wer noch alles. Und wenn man sich nicht gerade mit jemandem unterhielt, konnte man ins Feuer starren. Das Feuer war am schönsten. Da gab es auch noch jemand anderen aus der Branche, Schorschi hat lange mit der Dame geredet. Während ich gar nicht scharf darauf war, daß mich wer ansprach, dem ich dann ins Gesicht sehen hätte müssen, so gerne schaute ich ins Feuer.« Wieder verlor sich der Blick von Frau Ramona tief im Spiegel, während die Katze sich auf die Illustrierte setzte, die ich zuvor durchgeblättert hatte.

»Es war noch gar nicht so spät, vielleicht halb elf, als wir uns auf den Rückweg machten. Die Nacht war ziemlich kühl, und wir wollten uns in einem Gasthaus am drüberen Seeufer, auf der Ortsseite, zu einem Schlummertrunk zusammensetzen. Das Boot lag noch immer da, und auf seinem Bug stand eine Lampe, die sich im Wasser spiegelte.

Ich leuchtete uns mit der Taschenlampe, und wir gingen ziemlich rasch, um uns warm zu machen. Da ansonsten alles still war, konnte man das Lachen der Abschiednehmenden weithin hören, und als wir beinah schon bei dem angegebenen Gasthaus waren, konnten wir mitten auf dem See einen Lichtschein erkennen.

In dem Gasthaus saßen schon welche, die auch in der Fischerhütte gewesen waren. Wir kannten sie nicht so gut, setzten uns aber dazu. Etwa zehn Minuten nach uns kamen unsere Freunde mit zwei weiteren Paaren und bestellten, wie wir, erst einmal Schnaps zum Aufwärmen. Dazu aßen wir Bretzen, und es kam eine richtige Unterhaltung zustande. Nur noch die aus dem Boot fehlten.

›Komisch‹, sagte unser Freund, der Generalvertreter, ›ich habe immer geglaubt, daß es mit dem Boot schneller geht.‹ Jemand lachte laut. ›Die fahren wahrscheinlich im Kreis, nach all dem Tee, den die intus haben.‹

Wir hätten gerne noch etwas zu trinken gehabt, aber da stellte sich heraus, daß der Wirt, der uns allein bediente, verschwunden war. Und kurz darauf konnte man bis ins Innere des Gasthauses ein scharfes Motorengeräusch hören.

›Das wird doch nicht die Wasserrettung sein?!‹ sagte jemand. Alle lauschten wir dem Ton nach. Die Männer standen auf und zogen sich an. Sie wollten schauen, ob etwas und, wenn ja, was los war. Wir Frauen blieben bis auf eine, deren Mann auch in dem Boot war, zurück. Doch obwohl wir pausenlos miteinander redeten, kam keine Stimmung mehr auf.«

Frau Ramona verrieb Schaum in meinem Haar. Ihre Augen überzogen sich mit einem milchigen Glanz, und bevor sie den Fön einschaltete, meinte sie mit heisriger Stimme: »Einer der Männer ist aus dem Boot gefallen und sofort untergegangen, lautlos. Wie sich bei der Obduktion herausstellte, ein Herzanfall. Sie haben ihn erst nach drei Tagen gefunden. Ich meine, ich habe den Mann kaum gekannt, trotzdem …« Sie schaltete den Fön ein, und ich hatte Mühe, zu hören, was sie sagte. »Warum muß so ein schöner Tag so enden? Verstehen Sie das?« Sie wischte sich die Augenwinkel. »Ich bin den ganzen Abend lang glücklich gewesen, dieser Mann wahrscheinlich auch. Und dann so ein Ende! Verstehen Sie das?«

Ich versuchte den Kopf zu schütteln, während Frau Ramona meine kurzen Strähnchen unter der heißen Luft zurechtzupfte.

Ich hatte den Mann, von dem sie da erzählte, einmal recht gut gekannt. Sein Tod empörte mich zutiefst.

Wild-Frau

Es war eine verrückte Liebe gewesen. Der erste Mann, den sie wissentlich, ja geradezu vorsätzlich verführt hatte. Vom Sehen kannte sie ihn lange. Eigenbrötler, sagten die Leute. Er hatte nicht geheiratet, mähte das Gras, rechte Heu, kümmerte sich um seine Ochsen. Wenn die Tiere sommers auf der Alm waren, ging er einmal die Woche nachschauen; jeder der Männer, die Vieh auf den Bergen hatten, stieg an einem anderen Wochentag auf. Sie hatten sich vor einigen Jahren zusammengetan. Die paar Landwirtschaften, die es noch gab, lebten alle von Weidevieh und vom Zimmervermieten.

Er war immer schon dagewesen, sie hatte ihn auch früher bemerkt, auf den Wiesen oder im Wald, wenn sie spazierenging und er Holz schlug. Aber nie hatte sie ihren Blick an ihm festgemacht, bis zu jenem Sommer.

Sie war wegen der Erbschaftsgeschichte zurückgekommen. Es ging um das Haus, und es zahlte sich aus, daß sie die Zeit im Dorf abwartete, bis geklärt war, ob und wie sie es mit ihrem Bruder zu teilen hätte. Oder ob sie sich auszahlen ließ, um ein kleines Geschäftslokal zu kaufen, für die Perlenstickereien, mit denen sie handelte und die sie zum Teil auch selbst verfertigte. Eine Entscheidung, für die sie sich Zeit zum Nachdenken lassen wollte. Auch war sie erholungsbedürftig, und das Dorf bot die besten Voraussetzungen für einen längeren Urlaub.

Sie war mit ihrem Bruder, dessen Frau und einigen Freunden zum Biertrinken in ein Gasthaus gegangen, das fast nur von Einheimischen besucht wurde. Außer es war ein Scheibenschießen angesagt, das ein prominenter Landesbürger und Freund des Ortes für seine Klientel ausrichtete.

An jenem Abend waren sie an einem der langen Tische einander gegenüber zu sitzen gekommen. Da bemerkte sie zum ersten Mal, wie gut sein Kopf geformt war. Sie hatte früher gemalt und kannte sich aus mit Köpfen. So wie er dasaß, in dem üblichen grünen Rock, die leicht gekrausten Haare noch vom Druck des Hutes an die Schläfen gepreßt, obgleich sie von Natur aus in sämtliche Richtungen strebten, kam er ihr wie verkleidet vor, und sie versuchte, ihn sich in einem Rollkragenpullover mit Sakko vorzustellen, von Beruf Physiker oder Biologe, und siehe da, der Kopf mit dem ungewöhnlichen Profil stimmte. Auch stach seine Hagerkeit von der sonst üblichen Bierfülle einnehmend ab. Nur seinen Händen war die Schwere der körperlichen Arbeit anzusehen.

Sie unterhielten sich über Sinn und Unsinn einer Wintersaison in dieser Gegend und über die Vor- und Nachteile des Fremdenverkehrs überhaupt. Die Sprache, deren er sich dabei bediente, ließ den Schluß zu, daß er mehr las als die tägliche Regionalzeitung. Der auslösende Satz aber kam von ihrem Bruder, der, als sie wieder zu Hause waren und sich noch ein Weilchen im Wohnzimmer zusammengesetzt hatten, eine Bemerkung machte, nämlich daß er, dieser Mann, ein heimlicher Jäger sei, der dem archaischen Brauch anhing, der besagt, daß das Recht auf Wild den Einheimischen zustehe und nicht dem Jagdherrn. Ihr Bruder hatte das eher ironisch gemeint, doch für sie entstand noch in derselben Nacht eine Legende daraus. Sie wollte den heimlichen Jäger.

Geschick war ihre Stärke. Was sie aus Perlen machen konnte, war ungewöhnlich und hatte ihr einen entsprechenden Ruf eingetragen, zumindest in Fachkreisen. So war es auch diese ihre Tätigkeit, die sie vorschützte, um in die Nähe des heimlichen Jägers zu kommen. »Ich möchte«, sagte sie zu ihrem Bruder, »in sein Haus. Es ist eines der ältesten und schönsten im Dorf. Gewiß gibt es da alte Muster. Ich bin auf Anregungen dieser Art angewiesen.« Ihr Bruder, durch die Erbschaftsgeschichte ein wenig unter Druck, versuchte, ihr kleine Wünsche umgehend zu erfüllen. Die Schwägerin nahm es auf sich, ein Treffen zu vereinbaren.

Das Haus war nicht besonders groß und hatte so gar nichts Klobiges an sich. Eine Veranda, ein Vordach, ein Balkon, der im Winter mit Brettern verschalt wurde, eine rote und eine weiße Kletterrose. Sie hätten Glück, sagte der Mann, ab dem Wochenende sei nämlich das Haus, wie jeden Sommer, an eine Wiener Familie vermietet. Er würde dann in dem kleinen Ausgedinge leben, drüben, hinter dem Stall.

»Bitte«, sagte er zu ihr, »du kannst dir alles anschauen.« Da sie beide im Dorf aufgewachsen waren, duzten sie sich von Haus aus. Sie durchstöberte die beiden Stockwerke, fand auch einiges, das sie interessierte, machte Skizzen und zögerte den Besuch hinaus, so daß aus der geplanten Jause, zu der ihr Bruder den Mann in das Gasthaus auf dem Berg einladen wollte, ein Abendessen wurde. Sie war aufgekratzt und so unterhaltsam, wie ihr Bruder sie noch nie erlebt hatte, während sie die ganze Zeit den Blick des Mannes auf sich ruhen fühlte. Die Gesellschaft vergrößerte sich rasch, Bekannte ihres Bruders setzten sich dazu, sie aßen Gemsenfleisch und tranken ziemlich viel Wein.

Auf der Fahrt ins Tal saß sie neben dem heimlichen Jäger

im Fond des Wagens. Und während ihr Bruder langsam eine Serpentine nach der anderen ausfuhr – auch er hatte Wein getrunken –, griff sie nach der Hand des Mannes und begann mit einem Fingerspiel. Er zuckte so heftig zusammen, daß sie befürchtete, zu weit gegangen zu sein. Doch antwortete er sogleich. Sie hielten beide den Atem an. Es war ein Gefühl wie beim Anblick mehrerer Sternschnuppen gleichzeitig.

Ihr Bruder wollte den Mann nach Hause fahren, aber der bestand darauf, zu Fuß zu gehen. Das sei ihm allemal lieber.

Ihr war es nun recht, daß die eine, wenn auch kleinere Hälfte des Hauses, über die sie befinden sollte, einen separaten Eingang hatte. Sie wartete eine Weile, bis Bruder und Schwägerin im Haus verschwunden waren, dann holte sie sich den heimlichen Jäger. Er war, wie sie vermutet hatte, in der Nähe ihrer Tür geblieben, im Schatten einer blühenden Deutzie.

Er folgte ihr in die Liebe wie ein Kälbchen, und es störte sie an jenem Abend gar nicht, daß das Kälbchen nach Stall roch. Sie bemächtigte sich seiner, wie sie sich noch nie eines Menschen bemächtigt hatte. Berauscht von der Lust des Eroberns, verwehrte sie ihm jede Eigenmächtigkeit. Selbst als er in sie drang, war sie es, die sich auf ihn gesenkt hatte, und das Stöhnen, das sie ihm nach und nach entlockte, trieb sie weiter in eine selbstgewählte Ekstase.

Er war kein junger Mann mehr. Sein Körper fühlte sich hart an und sehnig, doch ihr umfassender Ansturm kitzelte eine Kinderstimme aus ihm hervor, die auch noch in dem langen Flüstern nachklang, in das sie anschließend verfielen. Sie ließ ihn gehen, kurz bevor es hell wurde, nicht ohne sich für die nächste Nacht verabredet zu haben.

Der heimliche Jäger, ihr heimlicher Liebhaber. Nicht daß es aus äußeren Gründen notwendig gewesen wäre, aber beide schätzten sie die Verborgenheit. Selbst wenn sie einmal gemeinsam spazierengingen und danach in ein Gasthaus einkehrten, gaben sie sich wie Geschäftspartner. Da sie beide aus dem Dorf stammten, teilten sie den uneingestandenen Abscheu vor dem breiten Strom des Geredes, der um jeden in ihn fallenden Stein, und sei er noch so unscheinbar, die höchsten Wellen schlug.

Es traf sich gut, daß ihr Bruder und seine Frau, die das ganze Jahr über im Dorf lebten, für ein paar Wochen in den Süden fahren wollten, bevor es hier wieder den Sommer verregnete. Ihr Bruder war Gemeindebeamter und konnte seinen Urlaub frei wählen.

Sie hatten nun das ganze Haus für sich, aber sie nutzten es nicht. Höchstens einmal die Küche, wenn sie ein größeres Abendessen kochte.

Ihre Liebe steigerte sich in dem Maß, in dem sie ihn zum Erzählen bringen konnte. Allein wie er das Wort »Gams« aussprach oder »Reh« oder »Bock« sagte, übertrug eine Art von Begeisterung auf sie, die ihren Körper in Erregung versetzte. Er schien ein fotografisches Gedächtnis zu haben und konnte eine Landschaft Stein für Stein, Trittpfad für Trittpfad, Blattspitze für Blattspitze wiedergeben und die Zeit vergegenwärtigen, in der er »paßte«, wie er es ausdrückte, bis, ja, bis er eine Erscheinung hatte. Genau so hörte es sich an, das Wild trat in Erscheinung, und er vergab alle Kraft seines Gefühls an diesen Anblick. Von sich aus redete er nie über den Abschuß. Wenn sie dann nicht lockerließ, fiel höchstens ein Satz wie »Manchmal schießt man halt, wenn's sein muß!« aus ihm heraus, so als käme es dabei gar nicht auf ihn an, während sein

Blick etwas zusammenzufassen versuchte, das sich trotz aller Bemühung seinen Worten entzog.

Auch in ihren Ohren klangen noch Bruchstücke jener Sagen nach, die man im Dorf den Kindern erzählte, von den heimlichen Jägern und den Baumfrauen, die als Nebelstreif die Wege durcheinanderbrachten. Darin lag wohl das längst vorgegebene Muster ihrer Lust, ihn zu überwältigen, und seiner, sich überwältigen zu lassen.

Es war Heuernte, er hatte nur einen Helfer, auch den nur stundenweise. Das trockene Wetter mußte genutzt werden, und stolz, wie er auf seine Arbeitskraft war, versuchte er sich selber zu übertreffen.

Während sie an ihren Entwürfen arbeitete und jeden Tag im See schwamm, sich aber zwischendurch ausruhen und den Abenden entgegenträumen konnte.

Wenn er dann mit verbranntem Nacken, noch ein wenig nach Heu riechend, aber gar nicht nach Stall, ankam, bereitete es ihr besonderes Vergnügen, ihn mit Essen zu verwöhnen, um ihm die verbrauchten Kräfte wiederzugeben, und ihn mit Wein zu stärken, was aber immer öfter die gegenteilige Wirkung hatte – umso rascher schlief er nämlich ein.

Und wenn sie dann so im Dunkeln dasaß, seinen Schlaf anschauend, sie, die eine schlechte Schläferin war, rauchend und langsam den Wein zu Ende trinkend, verfiel sie in düstere Phantasien, die sich mehr dem Alkohol als der dörflichen Sagenwelt verdankten. Je mehr sie sich in jene heimliche Liebe hineinsteigerte, desto ausgefallener wurden ihre Wünsche. Sie erwartete bizarre Trophäen von ihm oder daß er sie totschoß, wenn es sie je nach einem anderen Mann gelüsten sollte.

Meist schlief sie erst ein, wenn er das Haus in aller Frühe verlassen hatte. Wenn sie dann mit Kopfschmerzen und rauher Kehle erwachte, schämte sie sich der Überspanntheit ihrer nächtlichen Vorstellungen und war heilfroh, daß er geschlafen und sie ihm nichts davon hatte erzählen können.

Die Sommerregen begannen, und er war wieder ausgeschlafener, wenn er sich abends ins Haus stahl. Einmal half er ihr sogar, die Wäsche, die sie noch rasch aus der Maschine genommen hatte, auf den Ständer zu hängen. Junggeselle, der er war, fand er nichts dabei. Sie hatte noch keinen Mann gekannt, der ihr dabei geholfen hätte. Mit derselben Selbstverständlichkeit tranchierte er den Lammrücken, den sie beim Fleischhauer entdeckt und gleich mitgenommen hatte. »Zerteilst du das Wild auch selbst?« Er blickte verwundert auf. »Wer sollte es sonst tun?« Dann erklärte er ihr, wie man die Kugel am besten entfernte, ohne das Fell, die Decke, unnötig zu beschädigen.

Es geschah nun öfter, daß er, wenn sie beisammenlagen, sich selbständig machte und mit kurzen heftigen Stößen den großen, von ihr in die Weite der Lust gespannten Bogen unterbrach und sie mit ihren hochgesteckten Erwartungen im Stich ließ, so als reiche ihm das, was er sich auf diese kurze und bündige Art genommen hatte. Also mußte es auch für sie reichen.

Beim ersten Mal war sie verwundert, danach ein wenig gekränkt, bis sie sich entschloß, ihn zur Rede zu stellen. Es war wohl ein wenig aus Verlegenheit, daß er lachte. Er sei nicht mehr jung genug, um das jeden Abend durchzuhalten. Auch ohne Heuernte habe er einen Haufen Arbeit, er tue ohnehin sein Bestes.

»Ich sage ja bloß ...« Sie legte sich neben ihn, damit er den Glanz in ihren Augen nicht mißverstehen sollte. Er umarmte sie, und ihr kam vor, daß er wieder mehr nach Stall roch.

»Ich möchte dich nie mehr hergeben!« Er flüsterte, während er mit seinen Arbeitshänden über ihre nackten Schultern strich.

»Wer sagt denn, daß ich dir gehöre?« Es war das übliche Geschwätz von Liebenden, die noch nicht wissen, in welche Situation sie sich gebracht haben.

Sie hatten es nach einigen Glas Wein wieder probiert, aber es wurde nichts mehr daraus. Er habe eben sein Pulver verschossen, wie er in gestelzter Selbstironie erklärte, während ihre Haut sich überempfindlich anfühlte und das Streicheln seiner rauhen Hände nicht vertrug. Sie fielen einander in die Arme und versicherten sich gegenseitig ihrer Liebe.

Bevor er sich zur Seite drehte, um ein paar Stunden Schlaf in ihrem Bett zu haben, was ihm sehr wichtig zu sein schien, stand er noch einmal auf und leerte ihren Aschenbecher. Er selbst rauchte nicht, die Kippen stanken ihm in die Nase.

Sie hatte gehofft, es würde ihr zumindest gelingen, an ihn gedrückt einzunicken, und wenn es nur für eine Stunde war. Es mußte wohl auch ruhigere Zeiten der Liebe geben. Aber es gelang ihr nicht. Oder doch? Jedenfalls hatte sie beim Erwachen ein Gefühl, als hätte sie kein Auge zugetan. Sie kroch unter der Decke hervor, fröstelte und zog den Schlafrock über. Unschlüssig blieb sie eine Weile mitten im Zimmer stehen und betrachtete den Schlafenden in dem grauer werdenden Licht, in dem sie immer mehr von ihm erkennen konnte.

Sie holte sich Mineralwasser aus der Küche und trank der Einfachheit halber aus der Flasche. Während sie so dastand, den gläsernen Hals an die Lippen gepreßt, durchfuhr es sie, daß ihr Bruder fest mit einer Entscheidung rechnete, wenn er demnächst zurückkam. Sie hatte sie lange genug anstehen lassen.

Sie liebte den heimlichen Jäger, würde sie ihn immer lieben? Die Frage war vielmehr, würde sie ihn noch mehr lieben können? Oder nur noch weniger?

Sie trat ans offene Fenster, um nach dem Morgen zu sehen, der sich langsam anpirschte. Dann gingen ihr die Augen über. Zwei, drei, fünf ... das da drüben an den Stachelbeeren mußte ein Bock sein. Zwei Geißen zupften die Knospen vom Rosenstrauch, die Kitze machten sich an den Salatbeeten zu schaffen. Welche Anmut! Ihr Blick streichelte die Hälse der Tiere, die mit lautlosen Schritten das Stück Schlaraffenland abschritten. Der Zaun hatte sie nicht abhalten können.

Das mußte sie ihm zeigen. Sie drehte sich um. Doch als sie ihn, langsam erwachend, sich strecken sah, ließ sie es. Sie hätte es nicht ertragen, seine Erregung beim Anblick des Wildes mit ansehen zu müssen.

Er gähnte. Und als hätte das Rudel ihn gehört – ihr kam es zumindest wie ein ganzes Rudel vor –, merkten die Tiere auf, setzten dann eines nach dem anderen in elegantem Flug über die lebende Hecke und verschwanden in Richtung Wald.

Er hatte sich aus dem Bett gewälzt und suchte nach seinen Kleidern, während sie noch immer den Rehen nachblickte.

»Bis heute abend. Du bist doch da?« Er streifte mit seinen keimenden Bartstoppeln ihre Wange.

»Ja«, sagte sie. »Ja, natürlich. Wir müssen die Zeit nützen.«

»Welche Zeit?«

»In der dieser Teil des Hauses noch mir gehört.«

Er schien nicht begriffen zu haben, was sie meinte. Vielleicht war er zu müde. Im Hinausgehen sagte er noch: »Ich bringe Fische mit.« Bedächtig schloß sie die Tür hinter ihm.

Er hatte einen Nebelstreif geliebt, war vom Weg abgekommen und gestolpert. Mitten hinein in die Gewohnheit. Er wußte nur noch nicht, daß er abgestürzt war.

Herzsprung

Sie hatte blind gebucht, den Geschmack des Davongekommenseins noch auf der Zunge. Der Wagen hatte sie an der Hüfte gerammt und auf die Seite geschleudert, anstatt sie vor seine Räder zu ziehen. Ihr Herz war noch immer nicht an die Erinnerung gewöhnt und stolperte drauflos, sobald sie wieder alles vor sich sah, die Welt von unten, einen verschlierten Himmel, Fassaden, die, unsicher im Stil, noch ein wenig schwankten, das Werbekürzel einer Versicherungsfirma und dann jenes Paar nackter Waden, das sich in karierte Bermudas emporreckte. Der Blick des jungen Mannes fiel in den ihren, und fiel und fiel, ohne einen Anhaltspunkt dafür zu finden, was denn jetzt zu tun wäre.

»Wollen Sie mir nicht aufhelfen?« Sie versuchte den Arm auszustrecken. Es funktionierte, obwohl sie am Ellbogen blutete.

Mit einem verlegenen Auflachen kam er zu sich, bückte sich nach ihrer Hand und zog. Es wollte nicht gleich bis zur vollen Höhe gehen, aber immerhin. Sie saß auf dem Rinnstein, ihr Herz schlug, und sie griff sich an den Kopf, ertastete die Stelle, an der es zumindest eine Beule geben würde.

»Soll ich einen Arzt holen?« Der junge Mann hatte endlich Worte gefunden, aber da war bereits ein Kreis von Schaulustigen entstanden.

»Hier gegenüber praktiziert einer, soll ich ihn herunterläuten?« Die junge Frau hielt sich an ihrem Kinderwagen fest.

Ein anderer Mann versuchte sie hochzuheben.

»Lassen Sie sie, wo sie ist!« befahl der Polizist, der soeben den Kreis durchbrochen hatte. »Ich habe die Rettung schon verständigt.« Dann fragte er, ob jemand Zeuge des Unfalls gewesen sei. Niemand konnte oder wollte Genaueres sagen. Selbst der junge Mann hatte sich die Nummer des Wagens nicht gemerkt. Er meinte nur, es sei ein azurblauer alter Volvo gewesen.

»Irgendwer muß doch etwas gesehen haben?!«

Sie nahm alles überdeutlich wahr, und der Polizist kam ihr geradezu übertrieben vor, wie er so mit seinem Stift nach den Umstehenden stach, als könne er die nötigen Angaben damit aufspießen.

»Ich erstatte Anzeige«, er notierte etwas, wahrscheinlich den azurblauen Volvo, »gegen Unbekannt!«

Die Rettung war gekommen, und der Arzt untersuchte als erstes ihre Pupillen.

Sie glaubte es als einen Wink verstehen zu müssen, als einen jener Hinweise, wie es sie schon öfter in ihrem Leben gegeben hatte. So als habe sie eine persönliche Botschaft erhalten.

Man hatte sie noch am selben Tag in häusliche Pflege entlassen. Häusliche Pflege war ein Witz. Bei ihr zu Hause gab es niemanden, der sie gepflegt hätte. Aber so genau hatte man es in der Klinik gar nicht wissen wollen, und sie war froh, daß sie nicht bleiben mußte. Anderntags war sie ins nächste Reisebüro gehumpelt. Sie bat um den Katalog, schloß die Augen, ließ die Seiten mehrmals durch die Finger gleiten, bis sie von selber auseinanderfielen, und tastete nach einer Kerbe des Schicksals.

Als sie die Augen öffnete, fiel ihr Blick auf einen See mit Bergen rundum und einem Boot, das ein wenig Ähnlichkeit mit einer venezianischen Gondel hatte.

»Ein Zimmer mit Blick aufs Wasser«, sagte sie, »wenn möglich mit Balkon und Halbpension für die nächsten vierzehn Tage.«

Die Angestellte, die sie bediente, war etwa gleich alt wie sie. »Da war ich auch schon einmal, allerliebst.«

Allerliebst war nicht gerade, was sie sich vorgestellt hatte, aber manche Leute waren recht unzuverlässig in ihren Formulierungen. Ein paar Telefonate, und alles war geregelt. Sogar die Fahrkarte hatte man mittlerweile ausgestellt. »Sie werden sehr glücklich sein dort.« Ihr zweifelnder Blick trieb der Angestellten die Röte ins Gesicht. »Zumindest war ich es.« Gleich darauf senkte sie die Augen, wie um sich für die Vertraulichkeit zu entschuldigen.

Ein schmächtiger Nebelstreif hob sich vom See und verrauchte in den Achseln der ineinandergreifenden Berge. Das Licht hatte jene kostbare Elfenbeinfarbe, die sie an frühen Iris- und späten Rosensorten so bewunderte, mit einem zarten, kaum merklichen Stich ins Bräunliche. Auf der Böschung vor dem Hotel blühten noch Taglilien in einem tiefen Rotbraun mit zitronengelbem Schlund. Die Frische des Taus stieg ihr in die Nase und mit ihm der deutliche Geruch nach nasser Wiese. Der Dotter ihres Frühstückseies glänzte auf, als die Strahlen der Sonne ihren Tisch erreichten, und sie hoffte, daß sie sämtliche Salmonellen, die sich noch darin gehalten hatten, mit ihrer enormen Kraft abtöten würden.

Es war Ende August, und ein früher Herbst kündigte sich an. Sie spürte die Hüfte zwar noch, und die aufgeschürften Stellen juckten, während sie abheilten, aber sie humpelte nur mehr ein bißchen und war voll für sich zuständig. Nur das Gepäck hatte sie extra befördern lassen, Kofferschleppen war tatsächlich noch nicht angebracht. Geruhsame Tage sollten dem Schrecken die tödliche Schärfe nehmen. Sie hatte bereits um Urlaub angesucht, um ihre Wohnung renovieren zu lassen. Daraus wurde nun nichts. Ein Wink war etwas, das ernst genommen werden wollte.

Die Terrasse war nur spärlich besetzt. Die anderen liefen wohl noch um den See oder ertüchtigten sich im kalten Wasser.

Ein hochgewachsener dunkelhaariger Mann setzte sich in ihre Blickrichtung, einer von den wirklich gutaussehenden. Vorbei die Zeit, wo sie auch das als Wink angesehen hätte. Sie spielte das alte Spiel nicht mehr, sich sogleich vorzustellen, wie es wäre, wenn. Sie spürte auch kein Ziehen in den inneren Weichteilen. Und als kurz darauf eine sehr junge und ein wenig verstört wirkende Frau – vielleicht hatte sie nur zu tief und zu lange geschlafen – herunterkam, sich zu ihm setzte und somit die Blickrichtung unterbrach, empfand sie nicht das geringste Bedauern.

Auf dem Tisch neben der Vitrine mit den Mehlspeisen lagen nur Illustrierte, zwei Regionalzeitungen und jenes überregionale Kleinformat, dem sie keinerlei Meinung entnehmen wollte. Sie würde erst einmal in den Ort gehen, sich mit Zeitungen und Obst versorgen, ein paar Postkarten und Briefmarken kaufen. Es war schon dunkel gewesen, als sie mit dem Taxi vom Bahnhof des Nachbarorts gekommen war. Sie hatte also keine Ahnung, wie das Dorf aussah.

Das Sträßchen war eng, und sie mußte sich viel zu oft und viel zu sehr an die gemischte Buchen-, Ahorn- und Haselhecke drücken, um die Autos vorbeizulassen. Gewiß gab es noch andere Wege in den Ort, einen Wiesenpfad oder eine kleine Promenade, wo einem höchstens Radfahrer begegnen konnten.

Ein junges Mädchen, mit einem etwa zweijährigen Kind an der Hand, sah ihr im Vorübergehen ins Gesicht und grüßte schüchtern. Sie nickte ebenfalls, glaubte sich erinnern zu können, daß auf dem Lande jeder jeden grüßte. Ein liebenswerter Brauch, wenn auch ein wenig mühsam bei den vielen Gästen.

Das Sträßchen lief an einem Fluß entlang, über den mehrere hölzerne Brücken führten. Doch an jeder war ein Schild angebracht, Privat. Erst als sie im Ort angekommen war, gab es eine von allen benützbare Brücke, über die auch die Asphaltstraße ging.

Es mußte in letzter Zeit viel geregnet haben. Das Laub der Büsche, so es nicht schon während der ersten frühsommerlichen Hitzeperioden vertrocknet war, schien satt vom Saft, und die Menschen kamen ihr alle zu warm angezogen vor, als trauten sie der Sonne nicht. Als sie dann das Zeitungsgeschäft gefunden hatte, schlug ihr in seinem Inneren noch der Dampf ewig feuchter Lodenmäntel entgegen.

Sie stöberte ein wenig in den Zeitschriften, während die anderen sich zum Zahlen an der Kassa anstellten. Von den Ansichtskarten wollte ihr keine so recht gefallen, aber dann nahm sie gleich mehrere von der Sorte, die an das Bild in dem Reiseprospekt erinnerte. Die Berge mit dem See und eines dieser Boote. Nur daß auf der Karte der Nebel sich gerade hob, was die Konturen der Felsen in jener Elfenbeinfarbe verschwimmen ließ.

Die Verkäuferin hatte ihr, schon bevor sie an die Reihe kam, einen Blick zugeworfen, der mit einem Anflug von Lächeln verbunden war.

Sie hatte das Lächeln nicht erwidert, und als sie nun in ihrer Brieftasche kramte, sagte die Verkäuferin, diesmal ohne eine Miene zu verziehen: »Macht genau hundertzweiunddreißig Schilling, Frau Andergast.«

Vor Verwunderung fiel ihr nichts ein, was sie dazu hätte sagen können. »Bitteschön!« meinte sie nur und legte die Summe abgezählt auf die Glasschale. Schon gab der nächste Kunde – viel zu laut, wie ihr vorkam – an, was er sich alles von den Ständern geholt hatte, und sie wurde unwillkürlich aus dem kleinen Geschäft gedrängt. Woher kannte die Verkäuferin ihren Namen?

Es gab sowohl einen Wiesenweg als auch eine Promenade zurück zum See, und ihr wurde rasch warm, als sie so in der vollen Sonne dahinschritt. Ein unsäglich blauer Himmel schmolz alle Diesigkeit hinweg und kehrte die Berge mit ihren Schründen und Nadelbaumspitzen aufs deutlichste hervor, während das Wasser des Sees in der Ferne aufleuchtete.

Der Weg war von Holzhäuschen im einheimischen Stil gesäumt, unter deren Fenstern das Rot der Pelargonien brannte, während der Phlox in den Vorgärten – vom Regen übel zugerichtet – bereits am Verblühen war und die Goldruten sich – schwach geworden – in alle Richtungen neigten.

An einigen der Zimmer-Schilder stand nicht mehr belegt, sondern frei, und gerade als sie näher an eines herantrat, richtete eine Unkraut jätende Frau sich auf, blickte ihr ins Gesicht und meinte freundlich: »Auch wieder im Land?«

Sie nickte automatisch, wie um sich nicht zu verraten, und als die Frau dann noch »Was für ein Tag!« sagte, murmelte sie nur »Ja, ja!« und ging rasch weiter, um sich nicht in ein Gespräch verwickeln zu lassen, in dem sie sich womöglich eine furchtbare Blöße gab. Was für eine Blöße denn?

Im Hotel schien sie niemand zu erkennen. Sie setzte sich unter einen Sonnenschirm in der Wiese und blätterte in den Zeitungen und Zeitschriften, die sie gekauft hatte.

Der Mann vom Frühstück ging ihr wieder durchs Bild, diesmal im Bademantel, die Strandsachen unterm Arm. Kurz darauf konnte sie ihn prustend und stöhnend ins Wasser platschen hören. Es mußte ziemlich kalt sein, denn er hörte nicht auf, es mit Armen und Beinen zu schlagen, wohl um sich warm zu machen.

Sie war seit fünfzehn Jahren geschieden und dachte nur mehr selten an ihren Mann, obgleich sie noch immer seinen Namen trug. Aber dieser Name war mittlerweile ihrer geworden, so wie davor der Name ihres Vaters ihrer gewesen war. Auch ihr Mann hatte seinerzeit mit seinen Beinschlägen ein ganzes Becken in Aufruhr versetzen können, wenn sie zum Schwimmen in eines der städtischen Bäder fuhren. Sie hatte ihn seit der Scheidung nicht mehr gesehen, auch wenn sie noch eine Weile miteinander telefonierten. Danach hatte sie zweimal mit jemandem länger zusammen gelebt und eine Reihe von Affairen gehabt, aber nochmals heiraten? Da hätte es besonderer Überzeugungskraft bedurft oder eines Kindes. Beides war ausgeblieben.

Sie hatte es immer nur schwer ertragen, wenn die Anziehungskraft nachzulassen begann. Mit einem Mann zu schlafen hatte für sie etwas mit Ohnmächtigwerden zu tun. Sie erwartete jedesmal, daß ihr die Sinne schwanden, und stieß sich vom Ufer ihrer sonstigen Empfindungen gleich einer Selbstmörderin ab. Und wenn sie dann nach einer zeitlosen Ewigkeit wieder zurückgeschwemmt wurde, war ihr, als käme sie tatsächlich aus einem Jenseits, das nur in jener übersteigerten Gefühlslage auffindbar war.

Anfangs brauchte es nur die körperliche Nähe des Geliebten, daß sie sich bis ins Fleisch hinein vergessen konnte. Später bedurfte es immer mehr an Selbstüberredung, und je schwächer die Anziehung wurde, desto entschlossener stürzte sie sich in die Vereinigung, wild nach der Ohnmacht, die sie aus sich herausspülte, und zu allem bereit, um auch dem anderen diese Schreie zu entlocken, die sie noch einmal auslöschen sollten. Das war, was die Männer »gut im Bett« nannten, sie aber empfand es als ein letztes gewaltsames Aufbegehren gegen das Schwinden der Lust. Eines Tages lag sie dann nur mehr da und versuchte, noch ein bißchen so zu tun, während ihre Vorstellung bereits in andere Bereiche fremdging.

Bevor sie sich entschloß, von ihrem Mann wegzugehen, hatte es eine Nacht gegeben, eine Nacht, an die sie sich im Gegensatz zu all den anderen Nächten noch genau erinnerte. Sie war Ende zwanzig gewesen, ihr Mann Anfang dreißig und beide verzweifelt über die beginnende Alltäglichkeit zwischen ihnen. Er hatte Tabletten nach Hause gebracht, und schon darin lag eine unwiderstehliche Versuchung, da sie angeblich noch im Teststadium waren und man nicht wissen konnte, was genau sie bewirken würden. Vielleicht waren es aber auch gar nicht die Tabletten, sondern nur die Erwartung einer nie dagewesenen Erregung, jedenfalls waren sie mit einer Schamlosigkeit aufeinander zugestürzt wie noch nie. Sie schrubbten sich gegenseitig und traktierten sich mit Bissen und Kniffen, bis es mehr als weh tat. Es schien, als wäre ihre

Wahrnehmung verlangsamt, und wenn sie für kurze Zeit erschöpft auseinanderfielen, konnte sie nicht glauben, daß sie je in ihrem Leben noch einmal mit einem Mann würde schlafen können, aber die Gier erwachte immer aufs neue, und als ihr Mann gegen Morgen plötzlich mit dem Gesicht zur Seite kippte – diesmal war er es, der ohnmächtig wurde –, blieb sie auf ihm, bis schließlich auch sie wie gelähmt zurück aufs Bett fiel.

Von da an hatten sie nichts mehr miteinander gehabt, und zwei Wochen später zog sie aus, allen flehentlichen Vorschlägen für einen Neuanfang zum Trotz. Sie wußte, daß ihre Beziehung sich verbraucht hatte und es Wiederholungen in dieser Intensität nicht gab.

»Du hast doch gesagt, daß du mich liebst«, hatte ihr Mann sie angeschrien, »das kann doch nicht nur meinen Schwanz bedeuten!«

Sie war ganz in sich zusammengesunken und hatte mit den Achseln gezuckt. »Das dachte ich auch.« Sie verstand heute noch nicht, wie sie damals so einfach weggehen konnte. Sie hatte es aber auch nie bereut.

Sie erkundigte sich, wohin man am besten zum Essen ging. Strandcafé war das Wort, das alle anderen sofort vergessen machte, und sie stellte sich vor, daß sie im Freien sitzen und dabei aufs Wasser schauen würde. Es war ein längeres Stück bis dahin zu gehen, aber sie war sicher, daß sie es ihrer Hüfte schon zumuten konnte. Sie hatte alle Zeit der Welt, und wenn es ihr zu anstrengend wurde, konnte sie sich unterwegs auf eine Bank setzen.

Der Ort gefiel ihr immer besser. Sie hatte schon über ihn gelesen, dem Gelesenen aber keine Bedeutung zugemessen und all das Lob für Übertreibung gehalten. Jetzt bedauerte sie, daß sie ihn nicht schon früher entdeckt hatte.

Sie bekam einen Tisch auf der Terrasse, unter einem Sonnenschirm und ganz nahe am Wasser. Es mußte nicht nur Regen, sondern auch Sturm gegeben haben, denn auf der nunmehr wieder spiegelnden Oberfläche schwammen Blätter und kleine Äste. Auch stand das Wasser insgesamt hoch, was man am Holzsteg des benachbarten Badestrandes merkte, der vollkommen mit Wasser bedeckt war.

So nach und nach wagte sie es, sich nach den anderen Gästen umzusehen, aber niemand grüßte sie, und wenn – wie das Personal –, dann nicht namentlich. Sie aß einen Fisch aus dem See, dazu Erdäpfel mit Petersil und einen gemischten Salat. »Wunderbar«, sagte sie, als der Kellner wiederkam, »aber ich kann jetzt keinen Nachtisch mehr essen. Bringen Sie mir Kaffee!« Der Fisch war ziemlich groß gewesen und hatte zartes rosafarbenes Fleisch, und der Kellner, der ihn filetierte, hatte ihr auch die Wangen herausgeholt und sie darauf aufmerksam gemacht, daß sie als Delikatesse galten.

Eins der gondelartigen Boote legte an der betonierten Treppe an, die von der Terrasse ins Wasser führte, und eine kleine Gesellschaft stieg unter Gelächter und viel Hallo herauf. In einem Mann in Lederhosen erkannte sie den Schauspieler, und dahinter kam ein Regisseur, von dessen Inszenierungen sie erst neulich eine gesehen hatte. Die anderen waren wohl Familie, Frauen, Kinder, ein Hund, der sofort unter ihren Tisch gekrochen kam und nach zu Boden gefallenen Bissen suchte.

Tische wurden zusammengerückt, Sonnenschirme gekippt und Getränke geordert. Sogleich entstand so etwas wie eine Bühne, um die das Publikum, auch wenn es vorerst nur heimlich zuschaute, im Halbkreis saß und möglichst viel von der Handlung mitzubekommen suchte. Der Schauspieler aber sprach ohnehin so laut, daß alle ihn hören konnten. Er und der Regisseur riefen einander die Stichworte zu, an die sich Anekdoten knüpften, deren Pointen deutlich herausgearbeitet wurden. An dem Bühnentisch wurde viel gelacht, dann griff das Lachen auf einige der Zuschauer über, und kurz darauf konnte sie sich selber lachen hören, nämlich als der Schauspieler von seiner Audienz beim Papst erzählte, dabei aufstand, um seinem Freund, dem Regisseur, eine ganze Szene mit verteilten Rollen zu bieten, die so komisch war, daß die ganze Terrasse vor Lachen in Schwingung geriet.

»Das alljährliche Sommertheater«, sagte der junge Mann am Nebentisch zu seiner Freundin. »Jetzt kommt gleich die Ulbricht-Nummer!«

»Ulbricht?« fragte das junge Mädchen.

»So ein Politiker von früher, mit einem Ziegenbart.«

Und tatsächlich hatte der Schauspieler sein Kinn ins frische Bier getunkt, dessen Schaum nun ein Dreieck bildete. »Das war Ulbricht!« sagte er und verbeugte sich in der Runde. Vereinzelt wurde geklatscht. »Ende der Vorstellung. Jetzt essen wir, verstanden?« Er setzte sich, und die gesamte Bühne widmete sich der Speisekarte.

Beschwingt ging sie den Weg zum Hotel zurück, in der Kehle noch immer den Rest jenes Lachens, für das sie dankbar war. Ein Mann in einem Trachtenanzug, wie ihn nur Städter trugen, kam ihr – im Gespräch mit einer Halbwüchsigen – entgegen. Als sie schon beinahe aneinander vorbei waren, verbeugte er sich höflich und sagte: »Küß die Hand, gnädige Frau!«

Sie erwachte von einem Riß, der durch ihren ganzen Körper ging. Ihr war, als hätte ihr Herz danach eine Zeitlang ausgesetzt. Jetzt schlug es wieder, hektisch und beängstigend unregelmäßig. Ihre Hüfte schmerzte, das ganze Becken war verkrampft, und das Blut hatte sich in ihren Geschlechtsteilen gesammelt, wo es in harten kleinen Schlägen pulsierte. Sie hatte von einem magischen Schwert geträumt, das auf sie zeigte, ehe ein Blitz es zum Verglühen brachte. Sie versuchte, sich auf die andere Seite zu wälzen. Was für ein schamlos offenkundiges Wort das Wort Scheide war. Sie benutzte es nie, aber es war da und konnte aus dem allgemeinen Wortschatz nicht entfernt werden.

Sie griff sich an den Kopf, wo die Beule gerade noch zu ertasten war. Litt sie an Gedächtnisschwund? Von einer Beule wie dieser verlor man doch nicht die Erinnerung. Sie war ganz sicher, daß sie noch nie in diesem Ort gewesen war. Was hatte es also zu bedeuten, daß die Leute so taten, als kennten sie sie? Daß man an einem Fremdenverkehrsort freundlich zu den Gästen war, schien ihr nur natürlich. Aber ihren Namen? Woher wußten die Leute, wie sie hieß?

Sie stand auf und nahm ein Aspirin. Sie nahm immer ein Aspirin, wenn ihr Herz sich so sträubte. Und während sie langsam das Glas Wasser leerte, vergegenwärtigte sie sich, wohin sie die letzten Jahre auf Urlaub gefahren war. Türkei, Griechenland, Südtirol ... Und wenn sich eines der Jahre plötzlich versteckt hatte oder sich für ein anderes ausgab? Sie schüttelte den Kopf. Ich kann mich an alles erinnern, nur nicht daran, wie es zu dem Unfall gekommen ist. Da war niemand, als sie dazu ansetzte, die Straße zu überqueren, und dann war es auf einmal passiert. Ein merkwürdiger Gedanke fuhr ihr in die Glieder. Vielleicht war sie danach gar nicht wieder aufgestanden und träumte das alles im Koma. Oder noch merkwürdiger, sie war tot. Bei ihren Herzrhythmusstörungen war es ohnehin fraglich, ob sie den Schock eines solchen Zusammenpralls überlebte. Sie versuchte, sich an die Gesichter der Menschen zu erinnern, die sie gegrüßt hatten. Vielleicht kannte sie sie von früher, und sie waren nun ebenfalls tot und begrüßten sie als eine der Ihren? Aber es war so gut wie ausgeschlossen, daß man als Tote noch Herzrhythmusstörungen bekam. Sie lachte auf, mein Gott, was für Ideen! Es war ziemlich unwahrscheinlich, daß mit ihrem Erinnerungsvermögen etwas nicht stimmte, aber vielleicht wurde sie so nach und nach verrückt? Als Spätfolge? Der Wind zog über den See, und sie hörte, wie die Wellen über den Bootssteg klatschten.

Spätsommer oder Frühherbst? Wer wollte das so genau sagen? Die Sonne traf auf den Honig, und sie bildete sich ein, daß er dadurch flüssiger wurde. Das Gebäck war frisch und der Tee – wenigstens knauserten sie nicht mit den Teesäckchen.

Der gutaussehende Mann saß schon da, als sie herunterkam, und er grüßte sie. Schließlich wohnten sie im selben Hotel, es war also nichts Ungewöhnliches daran. Er saß in ihrer Blickrichtung und nutzte sie. Nicht daß er gezwinkert hätte, aber das Lächeln, das er ihr schickte, hätte sie zu einer anderen Zeit mehr als herausgefordert. Jetzt senkte sie den Blick. Natürlich schmeichelte es ihr. Sie war beinahe doppelt so alt wie die junge Frau, die demnächst heruntergetaumelt kommen würde. Sie schaute kurz auf, um noch einmal zu sehen, was sie sich da vorenthielt, doch gewitzt, wie er war, ertappte er sie prompt dabei. Wenn sie gewollt hätte, hätte der nächste Blick bereits eine Verabredung treffen können. Nichts da. Sie wandte den Kopf zur Seite. So wie ihr Herz sich letzte Nacht wieder aufgeführt hatte, konnte sie sich nicht einmal einen ordentlichen Orgasmus mehr leisten. Das mußt du doch einsehen! Öfter winkt das Schicksal nicht, beim nächsten Mal schlägt es zu. Und als sie mit dem Essen fertig war und nur noch in Ruhe ihren Tee trinken wollte, schlug sie eines der Magazine vom Vortag auf, obwohl sie es schon von vorne bis hinten gelesen hatte, um zu zeigen, daß sie überhaupt nicht interessiert war.

Diesmal würde sie weder das stark befahrene Sträßchen noch die Promenade benützen. Sie wollte auch nicht mehr an dem Haus der Frau vorbei, die den gestrigen Tag so gelobt hatte. Also blieb nur der Wiesenweg, und sie hatte deshalb schon die Sandalen angezogen. Diese Pracht, diese Pracht! Auch sie verfiel insgeheim bereits in den Tonfall der Sommergäste, aber der Himmel spannte sich in so makellosem Blau über den Gipfeln, daß ihr dazu nichts anderes einfiel. Diesmal war eine Aushilfe in der Trafik, und die sagte gar nichts, nicht einmal guten Tag. Sie war beinahe enttäuscht, so angespannt hatte sie darauf gewartet, ob die Verkäuferin sie wieder beim Namen nennen würde.

Sie promenierte ein wenig die Hauptstraße entlang, am Postamt vorbei und an der Bäckerei. Da war auch ein Friseur. Sie beschloß, sich die Haare waschen zu lassen. Schließlich war sie auf Urlaub, warum sollte sie das alles selber machen.

Sie ging in das Geschäft und bis vor zu dem Pult, auf dem die Kassa stand. Die meisten Stühle waren besetzt, es würde also ein Weilchen dauern. Sie wollte nur Bescheid sagen, daß sie da war, und wissen, welche der Friseurinnen für sie Zeit haben würde.

Eine Frau, möglicherweise die Chefin, hatte gerade in die Kassa geschaut und wandte sich nun an sie. »Was können wir für Sie tun?« In diesem Augenblick schien sie sie zu erkennen. »Das ist aber schnell gegangen, Frau Andergast. Ihr Mann hat Sie gerade angemeldet und gemeint, sie würden in etwa zehn Minuten vorbeikommen, da ist Johanna dann frei.«

Sie schaute zu dem Mann, der mit dem Rücken zu ihr an dem Pult lehnte und einen Blick in das dort liegende Kleinformat geworfen hatte, den Blick derer, die es zwar nicht kaufen, aber doch wissen wollen, was drinsteht.

Es war ihr ehemaliger Mann Michael Andergast. Sie erkannte ihn sofort, wie auch er sie sogleich zu erkennen schien, auch wenn er das Gesicht auf so merkwürdige Weise verzog, daß es aussah, als fürchte er sich vor etwas.

Rührung überkam sie. Es fehlte nicht viel, und sie hätte die Arme nach ihm ausgestreckt. »Marianne!« Es kam ganz trocken aus seinem Mund. Dann umarmte er sie, ließ sie aber gleich wieder los. »Seit wann bist du hier?« – »Seit gestern. Ich hatte einen Unfall«, sie deutete auf ihre Hüfte, »und muß mich ein bißchen kurieren.«

Die Chefin des Friseurgeschäfts beobachtete sie interessiert, auch wenn sie so tat, als müsse sie die Kassa nochmals kontrollieren. Im Spiegel, der hinter dem Pult hing, waren ihre Köpfe zu sehen. Sie hatten sich beide nicht wirklich verändert. Sie hätte nie gedacht, daß sie sich so freuen würde, ihn wiederzusehen. »Komm«, sagte sie, »darauf müssen wir etwas trinken, und wenn es Limonade ist. Gehen wir in das Café dort drüben, mein Kopf kann warten.« Etwas schien ihm große Sorgen zu machen. So gut kannte sie sich in seinen Mienen schon noch aus. »Was ist?« So hatte sie ihn früher auch oft gefragt. »Nichts«, er fuhr sich mit der Hand über die

Augen, als glaube er nicht so ganz an das, was er sah. »Meine Frau …«

Sie lachte.

»Na und? Es ist fünfzehn Jahre her, mein Guter, da kann nicht einmal die zweite Frau Andergast etwas dagegen haben.« Und dann sah sie jene zweite Frau Andergast. Sie hatte sich nur nicht gleich bemerkbar gemacht, aber im Spiegel war ihr Gesicht neben dem ihren. Sie konnte es erst gar nicht fassen, aber das Bild der zwei blonden Frauen, mit den vor Entsetzen geweiteten Augen, deren Köpfe sich auf eine Weise glichen, die sie zutiefst erschreckte, wich erst, als beide sich Michael Andergast zuwandten. Der wischte sich den Schweiß von der Stirn, und seine Hände zitterten, als er sagte: »Luise, das ist Marianne!«

Luise Andergast hatte nach dem Mittagessen erklärt, sie wolle nun eine Weile allein sein, zog sich ins Zimmer zurück und versperrte die Tür. Das hieß, daß sie es ernst meinte.

Michael Andergast verbrachte den Nachmittag bei Marianne. Sie bestand darauf. Schließlich war sie das Original und wollte beweisen, daß sie nicht so einfach zu ersetzen war. Doch sollte sie es nicht überleben.

Hexenherz

»Du gehst mir auf die Eier!«

Soso. Früher hatte es immer »Du gehst mir auf den Keks!« geheißen. Seit einer Woche waren die Eier dran. Auch hatte Ruppi zu riechen begonnen, vorbei der süße Kinderschweiß. Es erinnerte sie an den Turnsaal, wenn zuvor eine Bubenklasse geturnt hatte.

»Zieh die Socken aus!« Sie behielt den Deckel des geflochtenen Wäschekorbs in der Hand.

»Wieso?« Er hatte die Beine angezogen und die Arme drumherum gelegt.

»Weil ich es sage.« Sie war ihm draufgekommen, daß er sich öfter in der Garage versteckte, und hatte ihn heimlich dabei beobachtet, als er seinen kleinen Schwanz wie eine Pistole bediente.

»Die Unterhose auch, wird's bald?!« Ruppi rollte über das Sofa und blinzelte nach einem Fluchtweg.

»Du spinnst!«

»Das Zeug muß heute noch in die Maschine. Mutter hat mich darum gebeten.« Sie ließ den Deckel des Korbes fallen und nahm die Verfolgung auf. Doch als sie ihn in die Enge getrieben hatte, ließ sie es plötzlich. Er würde um sich schlagen wie verrückt. Tante Irma aber hatte ihr neulich eingeschärft, besser auf sich achtzuhaben. Von Schlägen auf die Brust konnte man Krebs bekommen.

»Das sagst du nur, um dich wichtig zu machen.« Ruppi hockte wieder auf dem Sofa. Sie schwieg, und er verlor die Lust am Herumgestreite. Eins ums andere packte sie die schmutzigen Wäschestücke in einen weißen Plastikkorb.

»Da hast du!« Die Socken und die Unterhose kamen geflogen, und Ruppi stand hinter ihr, im Pyjama. Sie hatte gar nicht bemerkt, wie rasch er sich umgezogen hatte.

»Geh und putz dir die Zähne!« Ganz konnte sie es doch nicht lassen.

»Auf die Eier«, grunzte er, »schlicht und einfach auf die Eier!«

»Angeber!« Sie verließ mit dem Korb unterm Arm das Zimmer.

Mutter war auf einer Tagung. »Du weißt gar nicht, wie sehr du mir damit hilfst, Sabina!« Sie hatte sich wieder um den Finger wickeln lassen. Und nun kam der schlimmste Teil. Sie machte das Kellerlicht an. Und stieg hinab. Stufe um Stufe. Sie würde einmal die Waschmaschine im Badezimmer haben. Kühl hauchte es ihr entgegen, und eine Spinne lief vor ihr her, offensichtlich auf der Flucht. Vielleicht gelang es der Spinne, den, der ihr hinter dem Treppenvorsprung auflauerte, für einen Augenblick abzulenken, gerade lange genug, daß sie entwischen konnte.

Es war neulich nachts im Fernsehen gewesen. Eine Frau stieg, die Einkaufstasche unter den Arm geklemmt, aus ihrem Auto in der Tiefgarage. Keiner da. Und doch. So wie die sich umschaute und zum Aufzug hastete, war klar, daß da doch einer war.

Sie fragte sich, ob ihr Gesicht ähnlich angespannt wirkte und ihre Augen auch so flackerten, während sie Stufe um

Stufe tiefer sank. Lächerlich, das hier war ein Privathaus und keine öffentliche Garage.

Eine Tür schlug. »Scherz beiseite!« wollte sie laut und deutlich sagen, aber es kam nur als Wispern heraus. Natürlich, Mutter hatte das Kellerfenster gekippt, damit die Feuchtigkeit entwich. Wenn sich da einer durchgequetscht hatte? Die Tür zum Weinkeller war mit einer Mineralwasserflasche aufgespreizt, daher die Zugluft.

Sie spürte, wie sich Finger um ihren Hals legten. Die ganze Zeit über spürte sie, wie sich Finger um ihren Hals legten. So als würde die andauernde Vorwegnahme des Schlimmsten sie weniger heftig erschrecken lassen, wenn tatsächlich etwas passierte.

Sie feilschte mit dem Schicksal. Wer immer es ist, laß ihn bitte ein Gesicht haben. Am meisten fürchtete sie sich nämlich bei den Filmen, in denen der Mörder unkenntlich war, einen Strumpf übergezogen hatte oder als Clown verkleidet war. Sie würde den Wäschekorb sofort fallen lassen. Was aber, wenn jemand von oben ... Sie hatte die Tür offengelassen. Welche aber hatte dann geschlagen? Und ging jetzt leise wieder auf? Sie mußte sich einen Augenblick gegen die Wand lehnen. Der Schweiß kitzelte sie zwischen den Augenbrauen, und ihr Herz lief Amok.

»Sab?« Ruppi kam um den Treppenvorsprung gesatzt. »Ich brauche mein Angelzeug.«

Sie hielt den Korb nun mit beiden Händen. »Mach mir die Tür auf!« Ruppi brachte die Klinke mitsamt der Metalltüre zum Quietschen. Das Licht im Gerätekeller flammte auf. »Hilf mir!« sagte sie mit einer Stimme, die um Jahre gealtert klang.

»Hilf dir selbst!« Ruppi kramte zwischen den Skiern, während sie die Wäsche in die Maschine stopfte. Etwas fiel von einem Heizungsrohr, sie erschraken beide. Ein handtellergroßes Stück Ölfarbe war abgeblättert. Ruppi hatte endlich seine Angel gefunden.

Sie würde einfach das Licht brennen lassen. Zur Abschreckung. Sie hatte jetzt eineinhalb Stunden Zeit, bis sie die Wäsche wieder holen mußte. Sollte Ruppi dann schon schlafen, würde sie sie bis morgen in der Maschine lassen. Dann mußte sie aber das Licht jetzt doch ausmachen.

»Dreh das Licht ab!« sagte sie und hielt die Türe auf.

Sie war sie, einzig und allein sie, Sabina. Sie sah nur, was sie mit eigenen Augen sah, hörte nur, was sie mit eigenen Ohren hörte, und niemand konnte in ihren Kopf hineinschauen.

Die Terrassensteine gaben Wärme ab, und ein langer letzter Strahl lag breit und golden auf der Schräge zum Steingarten, der nicht mehr als eine kleine Böschung war. Die hölzerne Bank befand sich bereits im Schatten, und sie band sich die Ärmel der umgehängten Jacke vor die Brust.

Mutter schaute sich oben die Nachrichten an. Später mußte sie noch einmal in die Klinik, obwohl sie gar nicht Dienst hatte.

Wieder einmal.

Das Buch lag aufgeschlagen vor ihr auf dem verrutschten Tischtuch. Ein Tausendfüßler nahm seinen Weg über die Seiten. Sie hob die Hand, schloß Daumen und Zeigefinger und sagte: »Bleib stehen!« Der Tausendfüßler krümmte sich und tastete mit seinen Fühlern die Luft nach Empfindungen ab. Nicht, daß er sich nicht mehr bewegte, aber er kam nicht voran. Sie konnte es selber kaum glauben.

Schnelles Blut erwärmte ihre Herzgrube.

»Jetzt troll dich!« Es dauerte eine Weile, bis der Tausendfüßler sich weiter in die eingeschlagene Richtung schob, so als könnte er selbst nicht fassen, was ihm da widerfahren war. Es klappte also. Sie legte die Hand wieder auf den Tisch und streckte die Finger. Sie würde sich den Film heute nacht nicht ansehen. Von ihr aus konnte Ruppi in Mutters Zimmer schleichen und alleine glotzen. Sie war es leid, immer noch das Kindermädchen zu spielen.

Ihr graute vor den vielen sich ängstigenden Schauspielerinnen, deren Augen die Lider zu sprengen drohten, vor dem ganzen sich wiederholenden Aufbau der Angst mit seinen vorhersagbaren Höhepunkten, an denen sie immer wieder zu Tode erschraken. Und wie dumm diese Frauen sich anstellten, wie sie ihren Verfolgern in jede noch so primitive Falle tappten, keinen Hinweis verstanden und keine Zeichen lesen konnten. Und danach lag sie schweißgebadet da, in lähmender Überwachheit, die ihr jedes Sich-Rühren unmöglich machte, als sei Reglosigkeit schon an sich ein Schutz und als würde sie sich verraten, wenn sie sich im Bett umdrehte.

Eine Krähe stocherte im Rasen, der nie ein Rasen werden würde über all dem Bauschutt, ohne sie aus den Augen zu lassen.

»Ich glaube, ich kenne dich«, flüsterte sie, und die Krähe hackte mit dem Schnabel auf eine jener ekligen Nacktschnecken ein. Aber selbst ihr schien dabei der Appetit zu vergehen, sie fraß sie nicht.

Sie würde von nun an viel genauer hinschauen auf das, was sich nicht im Fernsehen abspielte. So wie sie längst schon bemerkt hatte, und das, noch bevor die Krähe mit dem ihr eigenen Gezeter aufgeflogen war, daß hinter dem Haus ein

Auto parkte und jemand von dorther nach dem zweiten Eingang suchte.

Die Bank war nun vollkommen im Schatten, und sie beobachtete, wie vorsichtig der Mann sich auf den Kücheneingang zubewegte, in dessen verlängerter Achse sie saß. Er bückte sich nach einem Stein – das sollte wohl eine Überraschung werden – und versuchte, ihn ans Fenster im oberen Stock zu werfen, hinter dem das blauweiße Licht des Fernsehers hin und her sprang, traf aber nur den Rahmen. Es rührte sich nichts.

Ihre Mundwinkel dehnten sich zu einer Art Grinsen, bevor sie plötzlich »Sie wünschen?« rief. Sie konnte ganz genau sehen, wie es den Mann herumriß, und es erfüllte sie mit unendlicher Genugtuung, auch wenn er sich gleich wieder zu fassen schien.

»Ich suche Frau Dr. Arndt.« Wahrscheinlich hatte Mutter ihm eingeschärft, nicht die ganze Familie aufzuscheuchen, wenn er sie abholen kam. Oder sie hatte ihm noch gar nicht erzählt, daß sie Kinder hatte, die überall im und um das Haus herum anzutreffen sein würden. Sie deutete nach drinnen. »Erster Stock, zweite Türe links!« Und konnte es sich nicht verkneifen, ihm hinterherzurufen: »Aber die Ambulanz ist in der Käfergasse!«

Die Krähe war noch einmal zurückgekommen, so als habe sie etwas vergessen. Oder ging es um einen letzten Blick des Einverständnisses? Jedenfalls zwinkerte sie der Krähe zu, und sie hätte schwören mögen, daß die nickte, diesmal ohne dabei eine Schnecke zu durchbohren. Etwas in ihrem Inneren nahm Gestalt an, es war wie eine Herzstärkung. Sie spürte, wie Kraft in ihre Finger strömte. Am wichtigsten war die Aufmerksamkeit, sehen, was andere nicht sahen.

»Sab?« Ruppi hatte in der Küche Licht gemacht. Er streckte den Kopf zur Türe heraus. »Bist du da wo?«

Sie machte »huuuch!«, aber Ruppi erschrak nicht. Er wußte, daß sie gerne hier saß, geschützt und doch mit vollem Überblick.

»Ich habe meinen Geldbeutel verloren.« Er kam mehr gefühlsmäßig auf sie zu, als daß er sie sah.

»Was für einen Geldbeutel?«

»Eine richtige Brieftasche. Jakob und ich haben getauscht. Ich habe ihm meinen Floating Ball dafür gegeben. Es ist alles drinnen. Ausweis, Impfpaß, Taschengeld …« Er setzte sich neben sie und suchte ihren Blick.

»Und du hast keine Ahnung, wo er sein könnte?«

Er schnitt eine Grimasse. »Würde ich dich sonst anjaulen?«

Sie hob wieder die Hand und schloß Daumen mit Zeigefinger.

»Halt die Luft an, ich muß mich konzentrieren.« Sie setzte sich ganz gerade hin und schloß die Augen. Davor hatte sie noch Ruppis verdutztes Gesicht zur Kenntnis genommen.

»Dein Geldbeutel, dein Geldbeutel …«, murmelte sie, »befindet sich unterm Schrank. Er ist aus deiner Hosentasche dorthin gerutscht, als du die alten Jeans auf den Boden geknallt hast, anstatt sie auf den Stuhl zu legen.«

»Verarschst du mich?« Ruppi starrte ungläubig in ihre langsam sich öffnenden Augen.

»Wenn es mein Geldbeutel wäre, würde ich schleunigst nachsehen, bevor er ans Auswandern denkt.«

Ruppi ließ die Funken auf dem Kies stieben. Kurze Zeit später hörte sie sein Triumphgeheul. Ihre Mundwinkel reichten nun bald um den ganzen Kopf. Das, was in ihr Gestalt angenommen hatte, lehnte sich befriedigt zurück. Und das war erst der Anfang.

»Kannst du hellsehen?« Ruppi keuchte, so schnell war er hinauf- und wieder heruntergelaufen.

Sie schaute ihm voll ins Gesicht. »Zweifelst du daran?«

»Blödfrau! Hellsehen gibt's nicht. Du hast es erraten!« Er fingerte sämtliche Fächer der Brieftasche durch, ob nicht doch etwas fehlte. Sie hatte es nicht nötig, etwas zu erwidern. Es war nun vollkommen dunkel hier draußen. »Ich sehe«, sagte sie wieder mit geschlossenen Augen, »einen Mann in Mutters Zimmer. Er steht hinter ihr und legt gerade den Arm um ihren Hals. Sie hat den Fernseher abgedreht ...«

»Bist du übergeschnappt?« Ruppi machte mit der Faust ein paar Umdrehungen auf seinem Hirn. Aber als er aufschaute, war da wirklich kein Fernsehlicht mehr im Fenster.

Ruppi rückte ein wenig von ihr ab. »Du hast ihn kommen sehen?!« Sie antwortete nicht, streckte nur die Finger wieder und schloß das Buch.

»Soll ich nachschauen?!« Er war aufgestanden und entfernte sich im Rückwärtsgang Richtung Küche.

»Wenn es dich interessiert.« Sie wußte, daß die Krähe im Blutahorn saß, ohne daß sie sie auffliegen gehört hätte.

»Alles nicht wahr!« schrie Ruppi plötzlich. Ein paar winzige Kieselsteine sirrten aus dem Sohlenmuster seiner Turnschuhe auf die Terrakottafliesen in der Küche. Das also war unter Fersengeld zu verstehen. Sie staunte noch immer über den Zusammenhang, der ihr gerade klargeworden war. Wieder einer. So ging das jetzt ununterbrochen. Und bald schon würde sie wesentlich mehr Zusammenhänge kennen als alle anderen.

Mutter, Marina, Marietta …

»Loisi! Loisi, wo bist du?«

Sie hieß jetzt Luise. Loisi lag begraben, irgendwo da unten. Während Luise in ihrem Ausguck saß, oben zwischen den Dächern. In einer Art Erker, wie angeklebt und durch Zubauten um seine Fernsicht gebracht, kaum mehr benützt, mit einem einmaligen Blick in den Hinterhof des Grünen Baums und, wenn sie sich sehr verrenkte, in dessen Gastgarten.

Bogdan war bei ihr, während Herr Meyer auf dem Dach umherspazierte.

»Wenn du mir …«, sie überlegte, wie deutlich sie werden sollte, ohne daß sie aufhörte, ihn zu kraulen, »wenn du mir die beiden überschüssigen Schwänze bringst …«

Bogdan hob das Kinn und starrte sie aus lustgetrübten Augen an.

»Es muß nicht sofort sein, aber noch heute!« Sie versank in Nachdenken. »Ach was, du schaffst es ja nicht einmal, richtig zu schnurren.« Sie umarmte den Rothaarigen und küßte ihn zwischen den Ohren, worauf er mit dem Kopf zuckte und sich zu lecken begann.

»Wenn du es nicht tust, kann ich ja Herrn Meyer bitten.« Bogdan hob einen Spaltbreit das Lid, der Name sagte ihm etwas.

»Ich bestehe nicht darauf, daß ihr es vor mir auskämpft, aber der Hühnerleberaufstrich ist für den, der ihn verdient.«

Bogdan stand auf, wackelte mehrmals auf ihren ausgestreckten Schenkeln und rollte sich dann andersherum zusammen. Mit der Körperpflege war es schon wieder vorbei.

»Hör zu, ich hypnotisiere dich jetzt! Zwei Schwänze. Ich will gar nicht alle drei. Einen soll er von mir aus behalten. Aber alle drei? Was braucht dieser Mann drei Schwänze?«

Bogdan schirmte mit dem seinen, einem buschigen, die Augen, als zöge er einen Vorhang vor. Sie zupfte ein wenig daran – so sehr brauchte er auch nicht wegzutauchen, wenn sie sich mit ihm unterhielt –, und er schlug ein paarmal damit. Darauf strich sie ihm so gekonnt über den Rücken, daß er sich strecken mußte.

»Gib acht, du fällst!« War schon geschehen, und natürlich auf die Füße. Er machte einen Buckel. »Was denn?! Du hast dich selber hinuntergestürzt.«

Er sprang und versuchte den vorigen Platz wieder einzunehmen, achtete aber besser aufs Gleichgewicht und schmiegte sich gegen ihren Oberkörper.

Es war lange her, daß sie die drei Schwänze gesehen hatte. Sie konnte sich nicht erinnern, wer der Mann gewesen war. Ob es ihn noch gab?

»Also, er war ziemlich groß«, sagte sie ganz nah an Bogdans Ohr, »und er saß in einem Boot, in einem Ruderboot.«

Bogdan stemmte die Pfoten gegen ihren Halsansatz, und sie rieb ihn hinter den Ohren.

»Es war heiß, und er hatte sich weit zurückgelehnt, mit gespreizten Beinen. Jemand saß zwischen uns, Tante Marina, glaube ich. Ich linste hinter ihrem Rücken vor. Da sah ich die drei Schwänze, ein ganzes Knäuel von Schwänzen, das aus seiner Badehose hing. Ich mußte blinzeln und fiel Tante Marina ins Kreuz. Wenn sie es überhaupt war. Sie sagte etwas zu dem

Mann, und als ich wieder schaute, hatte er sich anders hingesetzt. Da war nichts mehr zu sehen außer der üblichen Beule.«

Ein Zucken lief über Bogdans Fell und endete an einer Stelle am Kopf. Ihre Finger durchpflügten den dicken Unterpelz. Schon war sie auf den Floh gestoßen, der Reißaus zu nehmen versuchte. Aber sie war zu geübt, als daß er ihr hätte entwischen können.

»Da schau, was ich alles für dich tue!« Bogdan schnupperte angewidert an der Leiche seines Peinigers, und Luise wischte ihn an der Unterseite des zerschlissenen Korbstuhls, in dem sie kauerte, ab.

Herr Meyer zog seine Kreise immer enger. In der Dachschräge war eine Stelle, von der aus er leicht in den Erker springen konnte, wenn sie das Fenster öffnete. Schon nach der letzten Runde hatte er sie angemauzt, während Bogdan sich demonstrativ auf ihrem Schoß rekelte. Er wußte vom Schutz durch Glas. Nur, Herr Meyer hatte ältere Rechte.

»Du weißt Bescheid, zwei Schwänze!« Sie hob den Roten hoch, drückte ihn noch einmal an sich und ließ ihn dann vor der Tür abspringen.

»Du gehst lieber von hier hinten auf den Giebel. Herr Meyer mag dich nicht besonders!« Bogdan schüttelte sich unlustig und wollte nicht gleich durch die Tür. Da schubste sie ihn.

Der Graue machte sich wieder bemerkbar. »Ich komme ja schon.« Während sie das Fenster öffnete, konnte sie nicht anders, als sich kurz zu verrenken. Sie wußte ohnehin, daß Rainer dort unten saß. Mit seinem Vater. Mit seinem alleinerziehenden Vater. Dabei gingen sie andauernd ins Wirtshaus, weil der Alte nicht kochen wollte.

Papa hin, Papa her. Was der diesem Papa alles glaubte. Sie

blies zischend die Luft aus. Der konnte ziemlich blöd sein, dieser Rainer. Sie kannte sich aus mit Vätern. Ihrer war längst abgehauen. Zweiter Frühling. Und ihre Mutter schimpfte und schimpfte. Wenn er wenigstens regelmäßig zahlen würde. Aber was. Neulich hatte er ihr Jeans, ein T-Shirt und diese Socken da gekauft. Alles genau, wie sie wollte.

Nun saß Herr Meyer auf ihrem Schoß, der schnurrte wenigstens. Sie hatte die Füße auf dem wackeligen Klappstuhl liegen, und Herrn Meyers Schwanz reichte bis zu ihren Kniekehlen. Seine Tigerstreifen knisterten zwischen ihren Fingern. Sie durchsuchte auch sein Fell nach Mitreisenden, fand aber keinen.

Die Socken waren das einzige, was ihr im Augenblick an sich gefiel. Gewirkte violette und türkise Fische unter lindgrünen Korallenbäumen auf weißem Grund. Zwei Paar hätten nur das Eineinhalbfache gekostet, aber da blieb der Vater hart.

»Loisi, du sollst kommen!« Ihre Schwester brüllte aus einem Fenster im darunterliegenden Stock. Sie antwortete nicht. Es war ohnehin noch zu früh. Viel zu früh. Ihre große blaugrüne Plastikuhr in Form eines Volkswagens zeigte halb sechs. Erst um sechs war die Mutter von Rainer im Fernsehen. In so einer Scheiß-Serie. Rainer hat sie schon als Ganzes gesehen, als er bei ihr zu Besuch war. Sein Papa will nicht, daß er Serien schaut. Die hat vielleicht Brüste, diese Mutter, so daß sie sie selber in den Mund nehmen kann. Wie die neulich im Fernsehen, nachts. Sie und ihre Schwester hatten heimlich Porno geschaut. Lauter Frauen. Nackt. Und eine hatte so dicke lange Titten, daß sie sie sich selber lecken konnte. Eklig, aber geil. Hingegen bei ihr? Sie fuhr sich kurz unters T-Shirt … nichts. So gut wie nichts. Sie spürte zwar schon etwas, aber zu sehen war noch nichts. Daß das alles so lange dauerte. Zuerst die Haare. Über ein Jahr hatten die gebraucht, bis sie an der Schulter auflagen.

»Hör zu, ich habe da etwas für dich. Etwas Besonderes.« Herr Meyer schnurrte laut und anhaltend. »Hüh-ner-le-ber-auf-strich!« Sie schmatzte nach jeder Silbe anregend. »Eine ganze Dose. Ich müßte sie bloß aufmachen.«

Herr Meyer drückte abwechselnd mit seinen Pfoten gegen ihren Bauch, als sei da irgendwo eine Zitze, die über kurz oder lang Milch geben müßte. Sie kicherte. »So ein großes Vieh, und tretelt wie ein Baby!« Sie hatte das Gefühl, daß er ihr gar nicht zuhörte.

Wenn dieser Rainer nicht so etwas von einem Streber wäre. Er war all ihren Versuchen, ihn nach hier oben zu locken, widerstanden. Mathe-Aufgabe. Als ob Mathe für irgend etwas ein Grund sein könnte. Feig! Schlicht und einfach feig! Was denkt er denn, daß ich ihm tue? Ihr Lächeln hätte im Augenblick für drei mittlere Teufel gereicht. Dabei hatte er neulich, als sie aus dem Kino kamen, sogar nach ihrer Hand gefaßt, als es dunkel war. Es mußte wohl immer erst dunkel werden für diesen Herrn Rainer. Sie zog die Socken hoch, daß die Fische alle nach oben schwammen.

»Hör zu, ich hypnotisiere dich jetzt.« Sie kraulte Herrn Meyers Stirn. »Zwei Schwänze. Ich will gar nicht alle drei. Einen soll er sich von mir aus behalten ...« Herr Meyer hörte zu schnurren auf und drehte den Kopf. »Du hast es gehört. Egal, wer sie mir bringt. Aber derjenige kriegt dann den Hühner-le-ber-auf-strich. Klaro?!«

Herr Meyer legte sich die Pfoten über die Schnauze und wälzte sich auf den Rücken. Da mußte sie ihn wohl oder übel auf dem Bauch kraulen.

Sie hatte es sich so schön vorgestellt mit diesem Rainer hier oben. Sie hätte ihm die beiden Kater vorgeführt. Später wollte sie einmal Dompteuse werden. Und sie hätten geredet.

Dann hätten sie etwas gegessen. Hühnerleberaufstrich ohne Brot. Rainer war immer hungrig. Die Schokolade hatte sie sich mittlerweile einverleibt. Mit Joghurtfüllung. Selber schuld, wenn er nichts davon bekommen hatte.

»Wozu ein Mann bloß drei Schwänze braucht?« Herr Meyer legte kurz die Ohren an.

Wer war es nur gewesen? Sie konnte das Gesicht nicht sehen, immer nur die Schwänze. Tante Marina stimmte. Da war sie sich ziemlich sicher. Die war blond. »Diese langhaxigen Blondinen«, grollte Mutter noch immer gelegentlich. »Diese Marinas und Mariettas ...«

Marietta hieß die jetzige, die sich den Vater endgültig gekrallt hatte.

»Der ist imstande und heiratet sie noch!« So die Befürchtungen ihrer Schwester. Was dachte er sich eigentlich? Mutter behauptete immer, daß er auch schon mit Tante Marina etwas gehabt hätte. Was, zum Teufel? Sie hatte es oft genug im Fernsehen gesehen. Und welch ein Gekreisch die Leute dabei machten.

Mutter traf sich inzwischen mit einem Karl. Karl, der Kerl. Wenn sie ihn bloß nicht mit nach Hause brachte. Ihre Schwester hatte ihn schon gesehen. Sie war jedenfalls gar nicht neugierig auf ihn. Wenn er trotzdem angetanzt kam, konnte sie immer noch zu ihrem Vater ziehen. Das würde sie dieser Marietta schon beibringen. Oder zu Tante Marina.

»Beiß sie ihm einfach ab!« sagte sie zu Herrn Meyer. Dann mußte sie sich schneuzen. »Beiß sie ihm ab. Wenn du es nicht tust, rede ich noch einmal mit Bogdan!«

Ohne Vorwarnung wurde die Tür aufgerissen. Herr Meyer erschrak und hüpfte von Luises Schoß.

»Steckst du wieder hier oben? Mutter sagt, daß eines Tages der ganze Erker herunterkrachen wird.«

»Ja. Aber nur, wenn sie selber heraufgetrampelt kommt.«

»Es ist gleich soweit.« Ihre Schwester bemerkte das Schokoladenpapier. »Das war meine ...«

»Was du nicht sagst. Du wolltest doch abnehmen. Sei froh, daß sie weg ist.«

»Biest!«

»Selber Biest!« Luise schaute auf ihren Volkswagen – fünf nach sechs – und begann zu toben. »Es hat schon angefangen. Warum sagt mir das keiner?«

Herr Meyer entkam mit einem Satz aufs Dach, wo Bogdan sich schon die längste Zeit putzte.

Die beiden Mädchen stürzten die Treppe hinunter. Vor dem Fernseher angekommen, waren es wieder Loisi und ihre Schwester, die zwei alten Nashörner.

Düfte, Nacht

»Es ist die Luft, Josef, die gute Luft.« Lautlos streifte sie die Schürze über, steckte die Schere ein, war schon an der Tür, ehe er noch den Kopf in ihre Richtung bog.

Atemnot, wann immer sie wollte, Atemnot als Begründung, Entschuldigung. Atemnot, die sie nach draußen trieb, Atemnot, die ihr das bewußte, lange, tiefe Durchatmen erlaubte.

»Luft.« Sie verfiel in einen kleinen, hilflosen Schnapper, als sie auf der Terrasse stand, einem trockenen Schluchzen nicht unähnlich, nur daß es kein Stakkato gab.

Es hatte geregnet nachts, mit Wind, der die Nässe quer trieb, daß auch die unterständigen Töpfe sich feucht anfühlten. Gießen konnte also unterbleiben.

Der Korb stand im Schuppen, unmöglich aufgetürmt auf leeren Kartons, Plastiktöpfen, in denen sie Pflanzen gekauft, Obststeigen, die sie zu Unterzündholz zu zerkleinern im Sinn hatte. Als sie sich ihn griff, geriet der ungleiche Turm ins Wanken, und aus seinen Nischen fiel unverhofft ein Tontopf hervor, der auf dem rauhen Waschbetonboden zerschellte.

Es brodelte in ihr, während sie die Scherben mit dem Fuß zur Seite kehrte. Kein Malheur. Sie brauchte die Scherben, die zu großen Abzugslöcher in anderem Blumengeschirr zu bedecken. Dennoch, das heftige Geräusch so plötzlich, sie schüttelte sich.

Aufgeregt – wieso eigentlich? – schnitt sie in die Stauden, die abgeblühten Rispen, Dolden, Stengel zu entfernen. Eine dicke, lange schwarzbraune Nacktschnecke mit schuppigem – wieso schuppigem? –, wohl eher gerilltem Leib setzte sich, aufgestört aus der Feuchte des bodennahen Blattdickichts, in Bewegung. Sie schnitt auch da hinein, sah mit Grausen und einer Spur von Triumph, wie die Innereien bläulich hervorquollen, während der schwarzbraune, gerillte Schlauch sich blitzartig zusammenzog, wie bei einer Bratwurst, die im zu heiß gewordenen Fett platzt. Sie streifte die Schere, plötzlich ruhiger geworden, am Pflanzenschnitt sauber. Morgen würde von der Schnecke nichts mehr zu sehen sein. Die Reste bis zum Ende des Tages vertrocknet oder von anderen Schnecken sich einverleibt. Diese hauslosen Monster richteten Schaden an, vermehrten sich zu rasch, füllten rücksichtslos die Nische der schleimigen Fühlerträger. Sie konnte sich nicht erinnern, in den letzten ein, zwei Jahren je noch eine Weinbergschnecke gesehen zu haben, selbst die Schnirkelschnecken ... kaum mehr vorhanden. Plötzlich waren die Nackten dagewesen, von einem Jahr aufs andere. Im einen als Kuriosität bestaunt, im anderen bereits eine Plage. Es war wie mit dem drüsigen Springkraut, das in der Gegend »die bösen Männer« hieß. Wucherer, wie sie sonst keine kannte. Nicht einmal Brennesseln konnten dagegen an. Nur daß dieses Kraut hübscher war, sich leichter an einem Platz halten ließ, weil im Vergleich zu den Schnecken unbeweglich. Sie rupfte es hartnäckig aus, genauso hartnäckig, wie es wiederkam, an den verschiedensten Stellen. Am Ende hatte doch sie gewonnen. Jetzt umgab es als Waberlohe die Kompostmiete. Und dort, genau dort, wo sie es haben wollte, goß sie es mittlerweile auch, wenn es bei zu großer Hitze schlappmachte. Ihr gefielen die weißen und rosa

Lippenblüten. Im Herbst würde es wieder seinen Samen weit in die Gegend schießen, und er würde aufgehen, selbst an den unwirtlichsten Schotterstellen, aufgehen und sich dem Licht zurecken, bis sie ihn herauszupfte und auf den Kompost warf, den die erfolgreicheren Sämlinge später wieder bewachen würden. Und so Jahr für Jahr, wenn sie dann noch konnte, wenn sie dann noch wollte.

»Josef?« Kein Ton. Er war im Inneren des Hauses. Sicher. Sicher verwahrt. Hatte es bequem, warm und bequem, in dem frisch tapezierten Ohrenstuhl, dessen Stoff sich so gerippt anfühlte. Als »gerippt« hatte er ihn beschrieben, nicht geschuppt, nicht gerillt, sondern gerippt.

Stieß sich nirgends, stolperte über nichts, griff nicht ungeschickt in die Rosensträucher. Schwer und schwül lastete die Luft in Erdnähe, wie Sirup in den Flaschen, auf denen zu lesen stand: »Vor Gebrauch schütteln.« Dazu hätte es Winds bedurft, ging aber keiner. Hatte sich wohl ausgeblasen des Nachts.

Bevor sie noch wußte, was sie tat, hatte sie die Schürze hochgerafft und mit einem gekonnten Schnitt die Blüte vom Zweig getrennt. Es würde sie beruhigen – wieso beruhigen? –, jedenfalls war es das, was sie jetzt brauchte, wollte, haben mußte.

Sie füllte die schmalen Kelchgläser aus gepreßtem Glas – ehemalige Likörgläser – aus der Regentonne und stellte sie auf den Tisch im Gartenhaus. Eine Blüte in ein Glas. Die Welt veränderte sich.

Ihr Leib füllte sich mit Luft und mit Duft, und in dem Augenblick, in dem die Süße den Höhepunkt ihrer Ausbreitung erreichte, schloß sie kurz die Augen, so als sei Sehen allen anderen Sinnesempfindungen hinderlich.

Der Rhythmus, in dem sie die verschiedenen Kelche an sich zog, ähnelte dem, in dem sie, als sie noch geraucht hatte, einen Zug aus der Zigarette nahm, nur daß dieser Duft bis in ihre Brustspitzen drang.

Sie wurde gefühlsselig. So hätte sie ihre Stimmung möglicherweise bezeichnet, wenn jemand ihr eine Bezeichnung dieser Art abverlangt hätte. Selig in der Reichweite dieses Duftes, den sie für etwas Vollkommenes hielt, an dem teilzuhaben ihr das Schicksal vergönnt hatte. Sie hätte auf dem Wort »vergönnt« bestanden, da sie diese Art von Erlebnis für eine ihr gewährte Entschädigung hielt. Entschädigung für all das, was ihr die Jahre hindurch genauso schicksalhaft abhanden gekommen war, nicht vorenthalten, sondern sichtbar abhanden gekommen.

Sie sah ihn den Gartenweg entlanggetappt kommen, sich an Flieder, Jasmin und Schneeball entlangtastend. Er ging ihr nach, mit einer Zielsicherheit, die ihr Gänsehaut machte.

Dieser hingebungsvolle Ausdruck in seinem Gesicht. Er war ihr vertraut aus einem anderen Leben. Aus einem Leben, in dem sie ein anderer Mann und eine andere Frau gewesen waren. Mit einem solchen Ausdruck hatte er sich manchmal über sie gebeugt, hingegeben an das Gefühl der Liebe, der Liebe zu ihr. Jetzt erschien ihr sein Gesicht ganz ähnlich, nur daß es sich viel mehr nach innen gab. Als bedürfe es nicht nur der größten Anstrengung, etwas wahrzunehmen, sondern auch der größten Liebe. Nicht zu mir, dachte sie, sondern zu sich und dem, was ihn trotz aller Beschädigung weiterhin wahrnehmen läßt.

Selbst die Treppenstufe zum Gartenhaus nahm er mit einer Lässigkeit, die imponierend schien, auch wenn sie im Gegensatz zu seinen immer ein wenig balancierenden Armen stand.

»Du riechst?« fragte er, als würde er sagen: »Du trinkst?« – ein Alkoholiker, der eine kompetente Diagnose stellt.

Er griff mit langsamer, provozierender Zielstrebigkeit nach einem der Preßgläser, so als habe er ein eigenes Organ für den Luftwiderstand. Sie versuchte ihre Hand auf die seine zu legen, ihn neben sich auf die Bank zu ziehen. Er schüttelte sie ab, bevor sie ihn noch berührte, auch da dieses verrückte Gefühl für die Luftverteilung. Er schüttelte auch nicht wirklich, deutete ihr nur durch eine Geste an, daß er ihre Hand kommen spürte und sie wieder einmal als einen jener bevormundenden Griffe, die ihm helfen sollten, mißverstand.

Er hielt nun das Glas gegen sein Gesicht, schnupperte mehr, anstatt zu riechen, schnupperte, als spüle er seine Nasengänge mit dem Duft, wie ein Weinverkoster seine Zunge mit einem komplizierten Geschmack.

»Souvenir de la Malmaison?« Er wandte ihr das Gesicht zu, in der Gewißheit, sie würde seine Vermutung bestätigen.

Sie hatte bereits begonnen, den Kopf zu schütteln. »Tut mir leid. Es ist Louise Odier, ebenfalls eine Bourbon...« Sie war nun einmal im Vorteil. Wußte, von welchem Strauch sie die Rose geschnitten hatte, wie sie hieß und wie sie aussah. Natürlich gab es verschiedene Rosendüfte, auch viele, die einander ähnelten. Sie hielt es für Überheblichkeit, Rosen einzig und allein an ihrem Duft erkennen zu wollen. Auch wenn damit etwas bewiesen werden sollte.

»Bist du sicher? Beim letzten Mal nämlich ...« Es klang, als verdächtige er sie, ihn absichtlich in die Irre geführt zu haben, ihm eine andere Rose als Souvenir de la Malmaison gezeigt zu haben.

Er stellte das Glas wieder auf den Tisch, ein wenig zu abrupt, Wasser spritzte auf das grün gestrichene Holz.

»Du kannst nicht immer recht haben.« Sie legte nun tatsächlich die Hand auf seinen Arm. »Komm, setz dich!« Er schüttelte den Arm nicht, ließ ihn nur steif werden, setzte sich aber, wobei er nochmals, diesmal aus allen Gläsern, Wasser verspritzte, während er die langen mageren Knie unter den Tisch zwängte.

»Es ist keine Frage des Rechthabens.« Er tastete nach dem nächsten Preßglas. »Wie du weißt«, fügte er aus einer anhaltenden, wenn auch geringfügigen Beleidigung hinzu. Er hatte das Glas bereits in Händen, hob es an, und sein Gesicht dehnte sich. »Queen of Denmark. Da kannst du sagen, was du willst.« Glücklich begann er an den rosafarbenen Blütenschalen zu riechen, beinah selbstvergessen, als spiele es gar keine Rolle mehr, ob es Queen of Denmark war oder nicht. Es war Queen of Denmark. Sie hatten sie schon seit langem im Garten, länger als all die anderen vollkommen duftenden Alba-, Portland-, Bourbon- und Rugosarosen.

»Und deine Atemnot?« Er roch wieder und wieder an der Rose, als wolle er ihr zeigen, wie man richtig einatmete und daß man keinerlei Schwierigkeiten mit dem Atmen habe, wenn man es richtig machte.

Sie versuchte im selben, langtaktigen Rhythmus zu atmen wie er, mußte aber nach mehreren Zügen husten. Er wandte sich ihr zu, lächelnd, überlegen. »Vielleicht solltest du mehr Bewegung machen ...«

»Ausgerechnet ich?« Es hatte sie unvorbereitet getroffen. Sie, die ständig in Bewegung war, wie zu betonen sie nicht müde wurde. Haushalt, Garten, seine, Josefs, Versorgung.

»Ich meine anders, ausdauernder, um dein Herz zu kräftigen. Wie die Ärzte sagen: laufen oder radfahren, mindestens eine Stunde am Tag.« Gerade daß er nicht sagte: So hat eben jeder seine Schwachstellen, du willst deine nur nicht entsprechend zur Kenntnis nehmen, du willst nur nicht wirklich etwas dagegen tun!, damit eine Ausgeglichenheit der Mängel ins Treffen führend, die sie trotz allen Mitgefühls mit seiner Behinderung in Aufruhr versetzte.

»Ich und radfahren? Wie stellst du dir das vor?«

Er zuckte die Achseln, hatte sich in aller Ausdauer ein weiteres Glas geangelt. »Blanc Double de Coubert?« Er umstrich geradezu mit seiner Nase die Blüte, die allerdings karmesinfarben war.

»Roseraie de l'Hay«, erwiderte sie trocken. »Du denkst wohl, ich zwänge mich in einen jener lächerlichen Laufanzüge und diese entsetzlichen Gummischuhe, um mit hochrotem Kopf friedliche Spaziergänger zu rammen?«

»Wieso rammen? Du siehst sie doch.« Sie ging nicht ein auf seine versteckte Anzüglichkeit.

»Es ist eine Stilfrage.« Sätze wie dieser hatten einen abschließenden Charakter, den sie noch betonte, indem sie obenhin und während sie sich bereits erhob, ihre Sicht nachtrug. »Das einzige, was ich immer wieder brauche, ist Luft, gute Luft. Es ist die Luft, Josef, nur die Luft.« Es war Zeit, Teewasser aufzustellen, und sie bot ihm den Arm zurück zum Haus.

»Es ist die Luft, Josef, die gute Luft.« Es hatte abgekühlt nach einer längeren Trockenperiode mit ungewöhnlichen Temperaturen. Sogar eine Strickjacke ließ sich gut vertragen. Sie zog sich zurück, in die äußeren Teile des Gartens, in Baum- und Gesträuchnähe. Um nicht gesehen zu werden? Lächerlich. Es war ihr unheimlich, wie Josef sie erspürte, sie ortete, überwach. Sobald sie ihn wahrnahm, nahm er sie wahr, vielleicht auch schon früher. Es war, als mache er sich eine Lebensaufgabe daraus, sie wahrzunehmen, wo immer sie sich befand.

Früher hatte eine Selbstverständlichkeit bestanden, nämlich daß sie um ihn war. Er war ihr nie und nirgendwohin nachgegangen. »Ich wünsche mir, daß du immer um mich bist«, so hatte sein Antrag gelautet. Sie hatte angenommen. In einem anderen Leben, in einem anderen Zeitalter. Sie war immer um ihn gewesen, auch wenn sie sich gerade woanders aufhielt.

»Irgendwie bist du immer um mich«, hatte er vor Jahren gesagt, als er von einem seiner vielen Kongresse zurückgekommen war. »Auch wenn ich mich am anderen Ende der Welt aufhalte. Du mußt also die Strapazen nicht auf dich nehmen.«

Sie hätte ihn manchmal gerne begleitet, in Gegenden, in denen die Luft gut war. Er redete immer nur von der Anstrengung. Auch später, als seine Unsicherheit zunahm und er sie gut hätte brauchen können, anstelle eines Stocks, anstelle jener grauenhaften Brille, aber auch da reiste er allein. Sein blinder Ehrgeiz, sich immer von selber zurechtzufinden, auch wenn sie sozusagen um ihn war.

Sie nutzte das kühlere Wetter, um ein paar Pflanzen zu versetzen, blühenden Zwergmohn. Eine ziemlich aussichtslose Angelegenheit. Aber der Mohn wäre auch sonst nicht in Sicherheit. Wenn es nicht weiterregnete, würde tags darauf mit den Erdarbeiten für ein Hochbeet begonnen werden, genau an der Stelle. Dieses ständige Sich-bücken-Müssen war nicht gut. So würde sie in Hüfthöhe jäten können, ohne den Rücken krumm zu machen.

Sie hatte sich eine spitze Handschaufel mitgebracht und ein kleines Plastiklavoir. Sie würde die zarten Pflanzen mit viel Untergrund ausheben. In der Nähe stand ein Wacholderbusch, und sie riß ihm ein Fiederchen aus, um es sich unter die Nase zu halten. Neben den Rosen gehörte Wacholder zu ihren Lieblingsdüften.

Wenn sie möglichst viel Erdreich mit aushob und es – ohne weitere Störung – an einem ähnlichen Sonnenplatz andrückte, konnten die rosa Blüten davonkommen. Sie würde sie behutsam, aber ausreichend angießen und sie damit wahrscheinlich doch gerettet haben.

Jetzt, wo gar nichts mehr half, kein Stock, keine Brille, hatte Josef eine neue Art von Bewegungsfreiheit erlangt. Er witterte. Kein Geräusch, kein Duft, keine Luftströmung entging ihm. Er kam ihr überallhin nach.

Früher hatte Josef oft Musik gehört. Auch dabei hatte er sie gerne um sich gehabt. Ganze Abende inszenierte er auf diese Weise. Er in dem Ohrenstuhl, der noch nicht neu tapeziert war, neben dem Gerät, das er ausschließlich selbst bediente. So wie auch die Platten immer er aussuchte, auch wenn er gelegentlich eine auflegte, von der er wußte, daß sie sie gerne hörte. »Rate, was es heute gibt«, pflegte er in so einem Fall zu sagen, mit einem Ausdruck, als schenke er ihr ein Osterei, das er für sie im Gestrüpp gefunden hatte. Aber es war insgesamt eher so, daß er sie gerne daran teilhaben ließ, wie er Musik hörte. Mit geschlossenen Augen und sensibel zuckenden Nasenflügeln.

Er hörte kaum mehr Musik. Als hindere ihn die Musik, die Schwingungen der Welt zu erfassen. Sie hätte sich gewünscht, daß er wieder Musik hörte. Irgendwie hatte sie sich gewöhnt daran in all den Jahren und hörte auch seine Musik gerne, die, von der sie nie zugegeben hätte, daß sie ihr gefiel.

Selbst wenn sie ihn bat, sie den einen oder anderen Schubert hören zu lassen, und er nicht anders konnte, als ihr den

Wunsch zu erfüllen, blieb er unruhig, versicherte sich mehrmals durch Zurufe wie »Hörst du auch zu?«, daß sie noch da war. Dabei war sein Ausdruck von einer Anstrengung gezeichnet, die das ganze Gesicht verzerrte, so als versuche er ständig, die Musik von den übrigen Geräuschen des Raumes zu trennen.

Einige Male war es ihm bereits gelungen, sie zu überraschen, wenn er plötzlich an einer Stelle des Gartens in ihrer Nähe aufgetaucht war, ohne daß sie sein Näherkommen bemerkt hatte. Neuerdings erschreckte er sie sogar damit. »Josef?« Sie wußte plötzlich, daß er hinter ihrem Rücken in der Schuppentür stand. Stand und strahlte, wie sie sich so nach ihm umdrehte. Seine wiedererlangte Geschicklichkeit leuchtete aus all seinen Poren hervor.

»Es muß ein Wespennest in der Nähe sein«, behauptete er nun schon zum zweiten Mal. »Hier drinnen, wenn du mich fragst.«

Sie fragte ihn nicht, kümmerte sich auch nicht weiter darum. Die paar Wespen, die durch den Schuppen schwirrten, taten ihr nichts, also tat sie ihnen auch nichts. Sie hatte genug damit zu tun, den Schlauch aufzuwickeln, diese Quelle von Ärgernissen. Irgendwo krümmte er sich doch zu einem Knick, der den Wasserfluß unterbrach. Und tückisch geradezu befand dieser Knick sich immer in dem längst aufgerollten Teil, also mußte sie das Ganze noch einmal abwickeln.

Er hatte sich an ihr vorbeigezwängt, sie berührend, wie man ein Stück Geländer berührt, den ganzen Körper auf etwas hin gerichtet, einer Spur hinterher, und nun hob er sogar den Arm, um zu zeigen, was er erspürt hatte. »Genau hier ...«, damit stieß er den Arm gegen den alten Sonnenschirm, der seit Monaten hier abgestellt war. Stieß in der Heftigkeit seiner ungeschauten Gewißheit daran, und selbst als der ganze Schuppen sich in Sekundenschnelle in einen surrenden, angreifenden Wirbel aus Flügeln und Stacheln verwandelte, glänzte sein Gesicht noch vor Lust, es gewußt zu haben, bevor es sich verzerrte.

Sie riß an ihm, zog ihn mit sich, hinaus ins Freie, ihn – ohne es zu beabsichtigen – gleichsam als Schild für den eigenen Rückzug benutzend, sie wurde tatsächlich nicht gestochen und flüchtete – ihn noch immer hinter sich herziehend – ins Haus.

Sie hatten ihn mehrmals erwischt. Links schwoll sein Lid an, an Armen und Kinn entstanden Beulen. Sie wollte ihn sofort zum Arzt bringen, aber er wehrte sich. »Ich bin nicht allergisch, es tut nur weh.«

Sie fand die essigsaure Tonerde in der Hausapotheke, ein Zeichen, wenn nicht gar ein Wunder bei allem, was sich sonst so daraus verlor. Und während sie ihm damit Kornpressen machte, vor allem am linken Lid, meinte er: »Nicht, daß ich auch nur im entferntesten daran glauben würde, aber man hat schon davon gehört, daß ein Auge nach so einem Giftschock wieder sehend wurde.« Sie erwiderte nichts, tauchte nur die Kompresse erneut in die kühlende Flüssigkeit.

Sie hatte von Belle Isis geträumt und von Chapeau de Napoléon, zwei Rosen, die sie sich immer gewünscht, aber nie geleistet hatte. Sie hatte es mehrmals erwähnt, vor ihren Geburtstagen zumeist, war aber immer auf taube Ohren gestoßen. Natürlich hätte sie sich Belle Isis und Chapeau de Napoléon selber kaufen können, aber sie wollte sie geschenkt bekommen, geschenkt von jemandem, der ihren Wunsch erriet.

Obszön, wie Belle Isis ihre zartrosa Rüschenblüten nach außen gestülpt hatte, einfach obszön. Das hatte sie sogar im Traum erkannt. »Josef?« Sie schliefen noch immer in jenem alten Doppelbett, in dem sie vor einem Vierteljahrhundert ihre Kinder gezeugt hatten. Sein Platz war leer. Sie war zu benommen, um gleich aufzustehen, drehte sich noch einmal auf die Seite. Ob er auf der Toilette war? Für gewöhnlich wurde sie wach, wenn sie das Tappen seiner Hände nach der Türklinke bis in den Schlaf hinein hörte. Sosehr er sich tagsüber darum bemühte, sie mit seiner neuen, angestrengten Geschicklichkeit zu verblüffen, nachts fiel jeder Ehrgeiz von ihm ab, es kümmerte ihn nicht einmal, wenn er wo gegenstieß, er fluchte höchstens auf jene mechanische Art, die keinen größeren Ärger verriet, nur noch mehr Lärm machte.

Sie drehte sich wieder auf den Rücken. Als er noch immer nicht kam, zog sie die Beine an und kippte sie aus dem Bett, während sie die Hände zu Hilfe nahm, um den Oberkörper aufzurichten, genau wie die Therapeutin es ihr zur Schonung der Wirbelsäule gezeigt hatte.

Die Balkontür war nur angelehnt und ging ein Stück weiter auf durch die Zugluft, die sie mit der geöffneten Schlafzimmertür verursachte.

Er saß also auf dem Balkon. Das war neu. Oder hatte sie es nur zum ersten Mal bemerkt? »Du wirst noch das Haus anzünden«, rief sie, als sie ihn dabei ertappte, wie er sich mit einem Streichholz eine Zigarette anzuzünden versuchte und mit der Flamme deren unteres Ende nicht fand.

»Meiner Seel, wie soll man da noch ruhig schlafen?!« Sie nahm ihm das Streichholz aus der Hand und gab ihm Feuer. Daß er rauchte, nach all den Jahren wieder rauchte, ließ sie unkommentiert. Was hätte sie dazu auch sagen sollen. Sie mußte husten.

»Siehst du, ich habe gewußt, daß es dich stören würde.« Er versuchte, den Rauch in die andere Richtung zu blasen.

»Es ist gefährlich«, sagte sie, nachdem sie wieder bei Atem war, »viel zu gefährlich.« Sie schwiegen eine Weile, während er den Rauch wieder von ihr wegblies. Sie hatte sich noch immer nicht beruhigt. Und dann warf er auch noch den Rest der glimmenden Zigarette hinunter ins Gras.

»Warum tust du das?«

Er ließ sich zurück in den Korbstuhl fallen und rieb an seinem abgeschwollenen Lid. »Es schmerzt.«

Damenessen

Es war noch genug von der Ungezwungenheit jener Fliegenfischer aus Montana in mir, die ich im Kino gesehen hatte, um mich leichtfüßig den Kurfürstendamm entlangschlendern zu lassen. Und ich wollte es gar nicht glauben, daß die unscheinbare Person in dem schlammfarbenen Rock und dem dunkelblauen Pullover, die in einer der verspiegelten Auslagenscheiben geradewegs auf mich zukam, etwas mit mir zu tun haben sollte. Ich besah mir meine Schuhe auf den Gesamteindruck hin, die Schuhe waren in Ordnung. Es hatte sich gelohnt, dem Modell durch die halbe Stadt nachzulaufen, bis ich es in meiner Größe fand. Das war kein Snobismus, denn ich konnte nur in Schuhen mit diesem Leisten so unbeschwert gehen. Meine Füße hatten sich mit den Jahren verändert, die Ballen traten stärker hervor, die Zehen reagierten druckempfindlicher. Mein Haar wurde einfach nicht grau. Wahrscheinlich würde ich mir noch mit siebzig helle Strähnen einfärben müssen, um meinem bis dahin gänzlich erschlafften Gesicht einen weicheren Rahmen zu geben. Den Lippenstift hatte ich erst am Vortag gekauft. Ich drehte mich ein wenig. Nein, ich war nicht zu dick, wenn auch keine »Schmalgeiß«, wie meine Mutter die hochbeinigen, hüftlosen Wesen mit flachen Brüsten zu nennen pflegte, die in Hosen so gut aussahen. Zwei bis drei Kilo weniger wären schon besser, aber so kleinlich haderte selbst ich nicht mit meinen

Pfunden, daß ich mir tatsächlich Vorhaltungen gemacht hätte.

Im Weitergehen gewann das Gefühl, jünger zu sein, wieder Oberhand. Jünger bedeutete nicht dasselbe wie jugendlich. Jugendlich nannte man früher diejenigen, die weder am eigenen Fett erstickten noch in ihren Falten versanken. Jugendlich hatte auch etwas mit Bergwandern und Faschingsunterhaltungen zu tun, mit Kegeln und mit Gesellschaftsreisen.

Ich fühlte mich jünger. Als wer oder was, hätte ich mich fragen können, aber mir war nicht danach. Die paar Tage Berlin hatten mich dem Leben in den Städten wiedergegeben, nach all den Monaten, die ich im Salzkammergut verbracht hatte, auf dem Lande, in selbstentschiedener Zurückgezogenheit, um mich besser auf das Schreiben konzentrieren zu können. Es hatte mir gutgetan, das ganze städtische Angebot zu nützen, von der eigenen Lesung bis zum Konzert in der Philharmonie, Kino- und Ausstellungsbesuchen, kleineren Einkaufsräuschen und größerem Leutetreffen. Ich war auch noch im Botanischen Garten gewesen sowie im Osten der Stadt und hatte beinah die große Traurigkeit vergessen, die mich am Ende eines Sommers befiel, der nun doch vorüber war, obgleich er sich, wie all die Sommer im Salzkammergut, als endloser angekündigt hatte. Diesmal als der endloseste von allen.

Ich hatte der Gewohnheit ein Bein gestellt und war schon Mitte Mai an den See übersiedelt. Mit der unanfechtbaren Begründung: Ich arbeite hier so gut. Vor mir lag ein so ausgedehnter Sommer, daß an ein Ende gar nicht zu denken war. Aber anders als im Sommer zuvor hatte es die meiste Zeit geregnet, und all die üblichen Kuhhandel mit dem Gott des Wetters – von mir aus soll diese Woche noch verregnet sein, dafür aber dann ab Montag bitte Sonne! – hatten nichts gefruchtet.

Diese Sommer hatten immer Erwartungen in mir geweckt, so als müsse jedesmal etwas Unvorhersehbares geschehen, etwas, das man sich auch in Träumen nicht auszumalen vermochte. Und es war auch in jedem dieser Sommer genug an Unvorhergesehenem passiert, nur wurde es von dem Augenblick an, in dem es geschah, Bestandteil meines Lebens; es hatte stattgefunden und war vergangen, genauso wie der dazugehörige Sommer.

Es begann mir leid zu tun, daß ich nach dem Film nicht noch rasch die Kinotoilette benutzt hatte. Nun würde ich gezwungen sein, demnächst ein Lokal aufzusuchen, um meine Notdurft zu verrichten.

Mein Gott, was für ein Wort! Ich glaube, es hat sich noch nie jemand gefragt, was das für ein Wort ist. Von der Not begann ich etwas zu spüren, aber man konnte die Sache noch hinausziehen.

Es war, als schaute ich mir selber über die Schultern, dennoch benahm ich mich, als hätte ich die Regeln von Mitspielern zu beachten, obgleich es mir schwergefallen wäre, mein Verhalten im Rahmen des Bildes, das ich selbst vorgegeben hatte, zu erklären.

Nicht, daß es mir schwergefallen wäre, alleine ein Lokal zu betreten und – worauf immer ich gerade Lust hätte – zu bestellen. In meinem Alter bin ich vor den üblichen Belästigungen sicher. Es war nur so, und es war nicht zum ersten Mal so, daß ich plötzlich an allen auf dem Weg liegenden Lokalen etwas auszusetzen hatte. Alles schien mir nur vorgeblich das zu sein, als was es sich ausgab. Dieses Pseudo-Café, sprach die Stimme in mir. Ich setze mich doch hier nicht in die Auslage. Zu viele Menschen in diesem, das Ganze zu bieder im nächsten. Das eine Etablissement wurde unter meinen Blicken zur Frittenbude, der Schnellimbiß gegenüber zu einem Treffpunkt von Geschäftemachern, und während ich an einem Lokal nach dem anderen vorüberspazierte, erhöhte sich der Druck, dem ich nun bald würde nachgeben müssen, und ich sah ein, daß ich so bald wie möglich aus diesem Spiel aussteigen mußte, wenn ich nicht wollte, daß etwas geschah, das mich der vollkommenen Lächerlichkeit preisgab. Und doch ging ich auch am nächsten Lokal, einem Straßencafé, in dem die Leute die paar Sonnenstrahlen ausgiebig nutzten und keinen der Tische heraußen unbesetzt gelassen hatten, vorüber. Ich werde mich an einem solchen Tag doch nicht hineinsetzen, wenn man endlich wieder im Freien Kaffee trinken kann. Meine Lage wurde immer dringlicher, ich würde mir kein Stolpern mehr leisten können, und Husten schon gar nicht.

Plötzlich stand ich in der Querstraße zum Hotel, ich konnte es beinahe schon sehen. Das war wohl das beste. Ich ging mit dem geringsten bewegungsmäßigen Aufwand über die Straße, dann den Gehsteig entlang, beachtete die Verkehrsampel, obgleich ich dabei bereits von einem Fuß auf den anderen treten mußte, und bewegte mich zielstrebig auf das Hotel zu, ein gutes Hotel, wie ich es mir privat nie geleistet hätte.

Der kritische Punkt war erreicht, an dem jede unvorhergesehene Bewegung mich vor den Augen des Concièrges und der beiden Damen von der Rezeption ein für alle Male vernichten konnte. Nichts war entwürdigender, als wenn ein erwachsener Mensch im Vollbesitz seiner – geistigen? – Kräfte das Wasser nicht halten konnte. Einem kleinen Kind oder einer sehr alten, ein wenig verwirrten Person ließe man es vielleicht noch durchgehen, aber auch da nur unter besonderen Umständen. Wozu gab es denn Windeln und spezielle Blasenhemmvorrichtungen?

Mir war klar, daß ich es bis in den sechsten Stock nicht mehr schaffen würde, auch wenn der Lift sofort kam.

»Haben Sie auch hier unten Toiletten?« Die Angestellte mit blondem Mozartzopf und Spitzenkragen deutete treppabwärts. Auch das noch. Ich hielt mich am Geländer fest und gelangte als Ganzes in den Halbstock. Das befreiende Geräusch einer Spülung hätte mich beinahe im letzten Moment scheitern lassen, aber der Gott der Zufälle hatte ein Einsehen und ließ die Tür der einen Toilette sich öffnen, gerade als ich davorstand, mit angehaltenem Atem, um meiner Blase eine letzte moralische Unterstützung angedeihen zu lassen.

Als ich endlich saß, konnte ich gar nicht gleich lockerlassen, so sehr hatte sich alles zusammengekrampft. Es geht nichts über die langsame Entspannung eines überstrapazierten Muskels, beinahe hätte es mir ein dankbares Stöhnen entlockt.

Es war eine jener Toiletten, in denen alles davon ablenken soll, welchem Zweck sie dienen. Gedämpft orchesterte es aus einem unsichtbaren Lautsprecher, die Wände waren mit rosa Blumenmuster tapeziert, die Spiegel barock umrahmt, und über alles legte sich der Duft eines Sprays gleich einer durchsichtigen Folie. Ich kannte den Geruch, er war mir in seiner Kompaktheit noch nie angenehm gewesen. Außerdem kroch darunter erst recht die Fäulnis hervor und verband sich mit ihm zu einer merkwürdigen Mischung, die die statthabende Gärung deutlich werden ließ. Gärung war übrigens eine der Regenerationsstrategien des Lebens; wenn ich es recht erinnerte, eine der ersten.

Warum stank überhaupt etwas? Warum reagierten die Menschen so hysterisch, wenn es um Gestank ging, und versuchten sogleich, ihn abzuwaschen oder – wenn das nicht möglich war – ihn zumindest zu überdecken?

Ich erinnerte mich an eine Redewendung aus der Schulzeit, als das Heizen noch für Luxus galt: »Erfroren sind schon viele, erstunken noch niemand.«

Wie lautete die Drohung, die hinter dem Gestank steckte? Oder sich im Ekel verbarg? Was stank denn, wenn es stank? Abfall, Ausgeschiedenes, Zersetztes. Ob es sich um abgestorbene Zellen, um ranzig gewordene Körpersäfte oder um das, was sich auflöste, nachdem es in Benötigtes und Unbenötigtes zerfallen war, handelte, aus alldem mußte ein Wort zu ziehen sein, das als solches nicht in Erscheinung trat und – gut getarnt – den größten Schrecken verbreitete.

Ich hatte mich zur Gänze entspannt. Alle Anzeichen – Spülung, Türschnapper, Wasserhahn und ein Davonstöckeln – sprachen dafür, daß die andere Toilette nicht mehr besetzt war, also konnte ich es mir leisten, noch ein wenig sitzen zu bleiben, aus den Schuhen zu schlüpfen – immerhin waren sie neu – und die Zehen durchzustrecken. Alterndes, sprach da die Stimme in mir, Alterndes stinkt. Alterndes stinkt so gut wie immer.

Gerade daß sie nicht gesagt hatte »Zur Strafe!«. Die ehemalige Botschaftersgattin fragte in der Befehlsform. »Kommst du nächsten Mittwoch zum Damenessen?!« Ihr Mann war zum Schluß auch noch Mitglied der Regierung gewesen, ein großer, feiner Mensch, der nicht nur etwas von Diplomatie, sondern auch von Geschichte verstand. Ich bewahrte noch immer Sonderdrucke einiger seiner Aufsätze über die

Anschlußfrage auf, die er mir vor Jahren zugesteckt hatte, ohne auch nur das geringste Aufheben davon zu machen. Leider war er schon zu alt, als das hohe Amt ihn traf, es hätte ihm früher und länger gebührt. Daß ich mich mit der Einladerin duzte, hatte mit deren ungarischer Herkunft zu tun. Ungarische Frauen duzen andere Frauen immer. Sie sprach auch noch mit jenem unverkennbaren Akzent, der – so er nicht am Theater schlecht nachgemacht wird – ausgesprochen verführerisch klingt. »Zur Strafe!«, weil ich einer anderen, gemischten Einladung nicht gefolgt war. Nun mußte ich sehen, was übrigblieb.

Das Damenessen war ein Mittagessen. Es regnete, wie so oft in diesem Sommer, und das alte Holzhaus mit dem Blick zum See schien sich mit der Wochen währenden Nässe dermaßen vollgesogen zu haben, daß die geschnitzten Bretter der unverglasten Veranda sich geradezu glatt und satt anfühlten, anstatt sich auf die übliche Weise zu furchen. Es war ein altes Haus, und wenn das Wetter sich auf diese Weise lumpen ließ, blieb nichts anderes übrig, als im Juli den Kachelofen zu heizen.

Wie jedes Jahr war ich einmal in der Saison eingeladen. Der Verstorbene hatte großen Wert auf diese Art von Geselligkeit gelegt, und so wurde es über die Jahre zur Tradition. Es war die erste Einladung nach seinem Tod. Insofern war mir das Damenessen recht, ich würde ihn so vielleicht weniger vermissen.

Ich wartete ein Weilchen unter dem Vordach. Offensichtlich hatte man mein Läuten nicht gehört. Dann kam die Servierhilfe, in all den Jahren dieselbe, eine hagere, sommersprossige Person aus dem Ort, in ihrer Herbheit unübertroffen.

»Einfach reingehen«, sagte sie, »die Damen hören schon ein bisserl schlecht, erst recht, wenn sie alle auf einmal reden.«

Die Diele knarrte, als stöhne das Holz unter Gewalttätigkeiten, und im Salon war bereits gedeckt. Die Damen saßen im sogenannten Herrenzimmer beim Aperitif und tauschten Höflichkeiten.

Die liebe Juditka, wie die Gastgeberin sich gerne nannte, wenn sie von sich selber sprach, stellte mich vor, indem sie laut meinen Namen rief und »Die Schriftstellerin!« hinzufügte. Worauf ich mich erst einmal setzen mußte. Dann schenkte sie mir Schnaps ein, ziemlich viel Schnaps auf einmal, aber ich brauchte ohnehin etwas zum Auftauen unter all den Damen.

Die liebe Juditka trug ein aufwendiges Collier im Ausschnitt ihres Dirndlkleides und eine prachtvolle Schürze aus Webseide. »Von der Schwiegermama«, sagte sie kokett wie eine Jungvermählte. Die Schürze war so alt wie das Jahrhundert, eine Sache, die aufzuheben sich gelohnt hatte.

»Ach ja, Sie sind das«, wandte die Prinzessin sich an mich. Sie hatte einen goldenen Hirsch an einer langen Kette über der Brust hängen. Das Trachtenkostüm war schlicht und von elegantem Schnitt.

Wir kannten einander natürlich alle vom Sehen, aber vom Sehen bedeutete gar nichts in diesem Zusammenhang. Auch gab es Menschen, die sowenig wie möglich schauten.

»Ich glaube, ich habe mal in was von Ihnen hineingelesen. Sie wissen, die Seewiese ...« Sie verstummte. Sie hatte wohl vor Jahren gehört, daß in einem meiner Bücher ein Haus vorkam, das sich noch immer in ihrem Besitz befand. Das konnte aber auch ein Gerücht sein. Der Ort war voller Gerüchte, und sie haßte nichts mehr, als in ein Gerücht verwickelt zu sein.

»Keine leichte Kost, wie? Ich meine, für normal Sterbliche.« Dann beugte sie sich zu Frau von Bleiningen, die als Freundin und Blindenhund ihrer Schwester mit von der Partie war. »Hast du schon etwas von der Schriftstellerin gelesen?« Frau von Bleiningen runzelte die Stirn.

»Frau von Bleiningen ist Mitglied eines Kulturkreises«, fuhr die Prinzessin zu mir gewandt fort.

»Aber ja«, beeilte Frau von Bleiningen sich zu versichern. »Natürlich habe ich schon von Ihnen gehört. Aber Sie kommen mir viel zu jung vor. Wohl noch keine Fünfzig, was?!« Es war preußischer Zungenschlag.

»Und wie!« sagte ich so bestimmt wie damals, als ich dem Gendarmen vor dem Kino erklärte, ich sei längst sechzehn und dürfe den Film also sehen.

»Als ob das so wichtig wäre! Bei Künstlern ist das überhaupt nicht wichtig.« Es war die Witwe eines berühmten Regisseurs, die, seit sie und ihr Mann aus der gewaltsamen Emigration zurück waren, wieder jeden Sommer am See verbrachte. »Schauen Sie mich an. Ich bin Schauspielerin und gehe mit dem Jahrgang.« Sie lächelte unschuldig. »Natürlich sind die Rollen ein wenig eingeschränkt, aber es geht. Es geht immer noch.« Sie hatte die Statur und die Frisur eines kleinen Mädchens. Ein etwas verwaschenes blaukariertes Dirndlkleid mit glatten Blusenärmeln – es hatte bei Gott die richtige Patina –, das Haar kurz und auf der einen Seite gescheitelt, auf der anderen mit einer Blechspange zurückgehalten. Nur die Lidränder waren ein wenig zu weit, und man konnte das Rotgeäderte sehen. »Künstler leben anders. Das ist normal Sterblichen nur schwer begreifbar zu machen.«

»Einmal Künstler, immer Künstler«, behauptete die Witwe eines bekannten Schauspielers. »Ich war auch Schauspielerin.

Jetzt bin ich Bildhauerin und fotografiere.« Sie war rötlichblond und noch immer scharf geschminkt, in der Kleidung ein wenig leger, wohl ein Zugeständnis an die bildenden Künste. In den fünfziger Jahren hatte sie die Buhlschaft in Salzburg gegeben. Zwischen ihren Beinen saß ein schwarzweißer tibetanischer Tempelhund, der ein wenig stank, da sein Fell sich verfilzt hatte, und naß war er obendrein.

»Natürlich muß Kunst kein, kann aber ein Heilmittel sein. Wie Sie wissen, male ich und werde demnächst eine Ausstellung im Kurhaus haben. Ich hoffe, ich darf alle bei der Vernissage begrüßen!« erklärte die weltweit anerkannte Kunsttherapeutin, die – von Hitler beinah ums Leben gebracht – nach Amerika ausgewandert und dort geblieben war, bis auf die Sommer, die sie sich hier am See vertrieb. Ihr graues Haar war straff hinter die Ohren zurückgekämmt, sie trug Hosen und ausgebeulte Haferlschuhe, eine Mischung aus College-Kleidung und ländlicher Ausstattung. So hatte sie auch einen Walkjanker über ihr T-Shirt gezogen.

Wir waren offenbar vollzählig, und eine jede hatte sich auf irgendeine Weise bemerkbar gemacht, nur die ungarische Gräfin, eine starke Raucherin mit getönter Brille, hatte noch nichts gesagt. Ein Hauch jener Tragik, eine echte Schönheit gewesen zu sein, umwehte sie, obgleich sie bei weitem nicht mehr so hübsch aussah wie die liebe Juditka oder die ehemalige Salzburger Buhlschaft; vielleicht gerade deshalb. Wohl aus Gründen einer inneren Choreographie mußte sie gemerkt haben, daß sie dran war, bevor es ans Essen ging, denn sie sagte plötzlich: »Kunst regt mich nicht auf! Ich muß von Zeit zu Zeit etwas furchtbar Schönes sehen, um zu wissen, daß es mich noch gibt.« Und so als spürte sie, was sie den anderen schuldig war, legte sie ihre immer noch herrlich geformten

Hände auf das Gläsertischchen, wo alle sie sehen konnten. Die Familie ihres Mannes hatte übrigens eine Rolle in der magyarischen Geschichte gespielt, bevor sie neunzehnhundertachtundvierzig aus Ungarn flüchten mußten. Die liebe Juditka war die ganze Zeit über damit beschäftigt, zu entscheiden, wer welchen Schnaps bekam, und ihre Häppchen zu reichen, winzige Krabben auf Käsekeksen. Doch waren die Krabben zu naß, die Kekse weichten auf, und einigen der Damen passierten Mißgeschicke.

Noch hatte keine damit begonnen, über ihre Kinder zu reden. Die Kinder, so es welche gab, waren ja auch schon um die Fünfzig, da lohnte es sich nicht mehr so, und die Groß- und Urgroßmutter wollte wohl keine so recht hervorkehren. Das verschloß auch mir den Mund, die ich sonst gerne von meinem Sohn sprach. Wahrscheinlich waren die Damen zu wohlerzogen, um schon beim Aperitif ihre Familien zu servieren, und da sie, bis auf mich, alle Witwen waren, konnten sie ihre Männer ruhig begraben sein lassen. Nur der verstorbene ehemalige Botschafter schien in Form seines Ölportraits anwesend. Er muß bis in seine späten Fünfziger Junggeselle gewesen sein. Dann war er der lieben Juditka begegnet, was zur Folge hatte, daß er plötzlich kein Junggeselle mehr war. Juditkas Kinder sind damals schon erwachsen gewesen.

»Als wir dann als Botschafter nach Paris gingen«, sagte Juditka während der Vorspeise, einer sagenhaften Thunfischgeschichte, »haben wir immer auch Künstler zu Gast gehabt, und ich habe Proust im Original gelesen, dreimal!« Wir klatschten alle in die Hände.

»Danach wurden wir nach Bern berufen. Da kam Dürrenmatt öfter. Der hatte vielleicht einen Zug. Und bei Zuckmayers tranken beide.« Wir nahmen alle einen Schluck.

»Lizzy, ich meine Frau Zuckmayer, war meine beste Freundin. Wir waren zusammen in der Schwarzwaldschule von Frau Doktor.« Die Schauspielerin, die mit dem Jahrgang ging, hatte mit einemmal ein Leuchten im Gesicht, unter dem sich selbst ihre Lidränder strafften.

Die Schwester der Prinzessin, der Frau von Bleiningen diskret den Löffel führte, begann die Suppe zu loben, und die Damen stimmten chormäßig ein. Auch ich, die ich neben der Gastgeberin auf einem Ersatzstühlchen am schmalen Ende des Tisches saß, versuchte etwas beizusteuern, unbeholfen wie immer, aber mit den besten Absichten.

Die liebe Juditka blockte die in Gang gekommenen Ovationen ab, indem sie ohne Umschweife erklärte »Kriegt man alles beim Billa im Packerl. Gibst du noch einen Löffel Rahm rein – und die Sache hat sich!« Sie war eine Gemütsköchin, die nicht nach Rezept, sondern je nach Stimmung kochte. Mit ihrem Realismus punktete sie bei den Damen. Es getraute sich zwar keine zu lachen, aber alle befiel ein so angenehm prickelndes Gefühl, das gut zu dem gereichten Wein paßte.

Der tibetanische Tempelhund bevorzugte nun meine Beine, und ich fütterte ihn heimlich mit Bissen des zerfallenden Geflügels, worauf er mir dankbar die Waden leckte, während sein Frauchen die Szene an sich brachte, indem sie von der Bürgerinitiative gegen ein geplantes Großhotel berichtete sowie von der Demonstration, die sie in diesem Rahmen organisiert hatte.

»Ich dirigierte den Chor: Muß die Landschaft weichen – nur über unsere Leichen! Und: Verschandelt ihr den Ort – ziehen wir alle fort! Als der Bürgermeister dazukam, intonierten die Solisten ein langgezogenes Pfuiii!, das das Orchester mit Kammusik und Topfdeckeln untermalte. Es war wie im

Fasching.« Sie war aufgestanden, um es mimisch zu vergegenwärtigen, wobei ihre Wangen sich jugendlich röteten. Und als sie das langgezogene Pfuiii! besonders eindringlich zur Darstellung brachte, entwich ihrem Munde etwas Speichel.

»Irtó jó pofa«, sagte die ungarische Gräfin zur lieben Juditka, die kaum etwas aß und ebenfalls nach jedem Gang rauchte. Es machte sie nervös, zu sehen, wie die Gäste sich zu wenig nahmen, kleckerten oder das Gemüse kalt werden ließen. »Irtó jó pofa« hieß soviel wie »ein ausgesprochen fideles Haus«. Es klang wohlwollend.

Ich saß vor einem zu vollen Teller. In ihrer Fahrigkeit hatte Juditka mir immer wieder auch ihre Portion aufgeladen, und wäre da nicht der Hund gewesen, ich hätte unhöflich sein und etwas übriglassen müssen.

Das Ganze drohte in Einzelgespräche zu zerkrümeln. Da brachte die Kunsttherapeutin einen Toast auf die Gastgeberin aus. »Auf unsere schöne Juditka, auf das Haus, das sie mit soviel Charme führt, auf unser jährliches Beisammensein!« Ihre Backen hatten zu glänzen begonnen, und da sie Rotwein trank, achtete sie besonders darauf, nichts zu verschütten.

»Schön ist sie nicht, hübsch«, sagte die ungarische Gräfin streng, »wirklich hübsch.«

Ein Engel ging durch den Raum und entpuppte sich bei näherem Hinsehen als Hedi, die Servierhilfe. Die meisten der Damen nickten noch immer. Juditka trank ergebenst einen zweiten Schluck und wetzte auf dem Stuhl hin und her. Man aß und vergaß die Kunst zu reden, ohne sich zu verschlucken.

Da legte Hedi die grüne Mamba auf den Tisch. »Haben die Damen schon gehört? Sie ist ihnen ausgekommen, aus der Reptilienschau im alten Kurmittelhaus.«

Ich traute meinen Augen nicht. Die Damen machten

»Ahhh« und noch einmal »Ahhh«, und Hedi konnte in Ruhe den Kaffee servieren.

Die Prinzessin, die vor kurzem ihren Achtzigsten gefeiert hatte und noch immer Auto fuhr, sagte mit bebenden Nasenflügeln: »Als wir noch unseren Jäger hatten, wäre so etwas nicht passiert.« Sie war bereits zum zweiten Mal Witwe, und der Fürst, von dem sie eine nachzügelnde Tochter hatte, auch schon wieder zwanzig Jahre tot.

»Was wäre nicht passiert?« fragte die Schwester der Prinzessin, die offenbar kein Prädikat hatte, da sie immer nur als »meine Schwester« tituliert wurde. Doch Frau von Bleiningen legte die Hand auf ihren Arm und flüsterte: »Beruhige dich, wir sehen alle noch nicht ganz klar.«

»Sie ist schön«, stellte die ungarische Gräfin andächtig fest. »Ich habe schon lange nichts so Vollkommenes mehr gesehen.«

»Genau das Richtige für die Szene mit Kleopatra. Darf ich den Blumenstrauß benützen?« Die ehemalige Buhlschaft griff nach dem Tischschmuck. Alle wußten, daß sie schon einige Selbstmorde hinter sich hatte.

»Fallen Sie doch nicht auf so ein primitives Symbol herein!« Die Kunsttherapeutin klang ungehalten. »Ich meine, wir wissen doch inzwischen, was es mit so einem überdeutlichen Zeichen auf sich hat. Noch dazu auf dem Tisch! Was heißt denn das? Ich bitte Sie, meine Damen, denken Sie einen Augenblick nach!«

»Gast ist Gast«, sagte Juditka an meiner Seite und befahl Hedi, ein Schälchen mit Milch zu holen. Die Schlange starrte auf den kleinen Spalt zwischen uns beiden. Ich mußte an Serpentina denken, so smaragden schien mir das Schlänglein zu leuchten. Aber da ich bereits wußte, daß ich darüber schreiben würde, wollte ich nur so genau wie möglich hinschauen und mir erst später eine Meinung bilden.

Die Schauspielerin, die mit dem Jahrgang ging, nestelte aus ihrem Trachtenbeutel Augengläser hervor. Sie schämte sich noch immer, sie zu tragen. »In meiner Jugend hieß es von solchen Frauen, sie seien Brillenschlangen!« Sie lächelte und zog die Schlange mit ihrer Brille in Betracht. »Scheint giftig …?« Sie hob den Kopf.

»Korrekt!« Frau von Bleiningen setzte zu einer Analyse an. »Wie ich aus der letzten Sendung ›Im Reich der Tiere‹ definitiv weiß, handelt es sich hierbei um eine der giftigsten Schlangen überhaupt.«

»Wie aufregend!« stöhnte die ungarische Gräfin, und die ehemalige Buhlschaft leerte alles von dem köstlichen Wein, das noch in der Karaffe war, in ihr eigenes Glas.

Hedi kam gerade mit der Milch. Die Schlange züngelte heftiger und senkte den Kopf.

»Was schlabbert denn hier so?« fragte die Schwester der Prinzessin.

»Ein ganz normales Phänomen, meine Damen«, bemerkte die Kunsttherapeutin trocken. »Stinknormal«, fügte sie mit einem Anflug von amerikanischem Laissez-faire hinzu. »Durst bedingt Trinken.«

Die liebe Juditka warf dem Ölportrait des ehemaligen Botschafters einen innigen Blick zu und schaute dann auf die Uhr. »Darf ich den Damen noch einen Digestif aufwarten?« Das war deutlich genug gesprochen.

Wein zu Mittag, das machte die nächsten Stunden fürs Schreiben unbrauchbar. Ich hätte mir also gut einen Unicum oder etwas in der Art genehmigen können. Da aber nicht einmal die Buhlschaft Wünsche anmeldete, verzichtete auch ich.

Hedi stand noch immer mit den Schnapsgläsern da. »Abservieren«, deutete die liebe Juditka, und Hedi räumte die Schnapsgläser fort. Für die Mamba benützte sie die Zuckerzange.

»Und bringen Sie sie zurück«, riet die Kunsttherapeutin, »damit sie nicht noch in falsche Hände gerät.«

Gutgelaunt geleitete uns die liebe Juditka hinaus. Sie war nachmittags zum Tee eingeladen und wollte davor noch ihr Gesicht entspannen.

Ich hatte wieder einmal mein Geld vergessen, und als die Reihe an mir war, in der Küche zu verschwinden, steckte ich zwar meine Hand in die Bauchtasche von Hedis Küchenschürze, rührte aber nur in den bereits darin befindlichen Scheinen um und sprach mein besonderes Lob aus. »Alle Achtung, Hedi!« Ungerührt polierte sie die Zuckerzange.

»Bis zum nächsten Jahr, bis zum nächsten Jahr!« Der ehemaligen Buhlschaft war vor Rührung die Wimperntusche zerronnen, und Juditka hatte ihren ganzen Lippenstift verküßt, als die Reihe an mich kam. »Nächstes Mal machst du gefälligst öfter den Mund auf und trägst etwas zur Konversation bei. Schreiben allein genügt nicht. Es geht um die Qualität der Unterhaltung, verstehst du?« Sie umarmte mich zappelig. »Ich hoffe, du merkst es dir, bis zum nächsten Jahr.«

Das Lachen des Dalai Lama

Übel, speiübel, auf und auf. Der Druck des Ohrgehänges zwischen Beton und Knorpel. Es zieht. Nicht die Zugluft. Alles zieht. Auch die Zugluft. Zieht. Der Körper kommt nicht nach. Es reißt, rüttelt, preßt. Die Zugluft quetscht den Kopf. Es dreht sich alles um den Kopf. Die Bewegung, die Beschleunigung, der Schmerz. Die Fliehkraft in den Eingeweiden. Ebbe und Flut. Flut, Flut, Flut. Es zieht. O nein. Der Schmerz läßt sich nicht erbrechen. Ruhig Blut. Kein Krug mit Wasser weit und breit. Die Welle am Bug. Es schleudert sie, sie schleudert sich hinauf, es hat sie aus ihrem Mund geschleudert. So warm wie der Körper, sofort erkaltend.

Und er bewegt sich doch. Ihr Kopf hat sich bewegt. Der Druck des anderen Ohrgehänges. Dazwischen Äonen von Namenlosigkeit. Und eine Eruption, die in keinen Schrei mündet. Nur dumpfes, obertonloses Vonsichgeben. Das Echo krampft sich durchs Gehirn, länger noch, weit über seinen Laut hinaus.

Ein Krug voller Tränen vielleicht.

Die zähe Wut der Entleerung, nichts geht mehr. Blau nimmt überhand. Blau in seiner äußersten Schwärze. Randlos, grundlos. Ein Stimmennetz, das nicht sprechen will. Blau wie das Rauschen im Raum, das Rauschen der Geister. Im Verstummen rauscht es. Kein Empfang, nur Rauschen. Abschwellend, anschwellend, unterfüttert es den Schmerz, den die Zugluft schürt. Mit einemmal nichts mehr. Alle Leitungen gekappt. Dann wieder Rauschen, anschwellend. Verlust von Dunkelheit.

»Ich bin dein Vater Zephises und habe dir nichts zu sagen als dieses.« Der alte Mann im Rollstuhl, als Geist aus der Versenkung gezogen. »Und habe dir nichts zu sagen als dieses.« Bei der Premiere. Sie hatte gelacht, geklatscht, sich amüsiert.

Zum Glück bin ich in der Pause noch auf die Toilette gegangen! Die Zugluft rauht die Nässe an ihrer Wange. Es riecht und spornt die Übelkeit wieder. Vergebens. Nichts als Leere.

Ein Sohn, allein gelassen in einer Welt, in der nur Magie ihm helfen konnte. Der Diamant des Geisterkönigs – das nichtlügende Mädchen. Zwei Truden mit Hühnerfüßen, zum Lachen, über tausend Ecken auch zum Weinen.

Sie liegt in der Ecke. In welcher Ecke bloß? Einer sichtbaren, fühlbaren Ecke. Das Licht läuft schräg vorüber, verliert sich im stumpfen Winkel, holt sich neuen Schein gegenüber.

Wo bin ich? Bin ich? Wo?

Die Ewigkeit mangelt der Ecken. Das Leben deutet mit der Hand – voll von Schmerzen. Der Ort. Sie liegt da. Liegen braucht eine Unterlage.

Das nichtlügende Mädchen saß da, als wolle es sich demnächst legen oder als habe es sich gerade aus dem Liegen aufgerichtet. Auf einem künstlichen Erdboden, einer Bühnenbildpritsche. Mit einer zu vorlauten Unschuld, einer zu wenig unterschiedenen Unschuld. Seht alle her, wie unschuldig ich bin. Es hatte sich nicht gelegt, das Mädchen.

Wer hat sie hierhergelegt? Alles dreht sich um den Kopf, den unbeweglichen, der sich nicht beschleunigen läßt, der sich nicht dreht, in seinem Schmerz. Auf Beton, sie liegt auf Beton. In einer Ecke.

Sie war hinaufgestiegen ins Geisterreich Premierenfeier. Ein Stimmennetz in mildem, rauchigem Licht. Körper, die sich ineinanderschoben, grüßende Augen, Zähne, Lippen. Offene Spiralen vor dem Buffet, das Rascheln gezogener Brieftaschen.

Ein Glas Sekt, bitte! Des mühsamen Anstellens flüchtiger Lohn. Die mondänen weißen Götter von der Lügeninsel – jetzt grau – in Reichweite. Sie hätte sie aus ihrem Glas trinken lassen können. Ein Hoch dem Geisterkönig! Schade um den roten Schlafrock. Er kleidete ihn, und wie er ihn gekleidet hat. Das griesgrämige Wesen der Zauberei, die Geister aus den Ländern jenseits der Landkarte. Ein Diener mit dem Namen ihres Sohnes, ansonsten in nichts einander gleich, die beiden. Dieser Diener neben dem Minister, der sich mit ihm unterhielt.

Dieses eine Glas Sekt, von der Flut ausgespien. Um nichts in der Welt hätte sie sich noch einmal angestellt, sich ins Einziehen der Spirale begeben. Wie gut, nur das eine Glas.

Mit der U-Bahn kam sie genau bis zu ihrer Straße. Trockenen Fußes. Es waren die Theaterschuhe. Beinah bis vor die Haustür. Viel zu bequem, um sich zwei Straßen weiter für ein Taxi anzustellen. Und was ist schon spät?

Lassen Sie den jungen Mann in Ruhe!

Sie war eigens in den anderen Wagen gestiegen. Besser nicht anstreifen an diesen Burschen. Denkwürdige Kostümierung. Der eine glich von weitem ihrem Sohn von vor ein paar Monaten. Jetzt trug der das Haar wieder anders. Man wußte nie, ob sie so waren, wie sie da plötzlich vor einem standen. Ob sich in den Abzeichen stilisierte Willkür abzeichnete oder willkürliche Stilisierung. Zeit der Wandlungen. Die Rückkehr der Symbole aus dem löchrig gewordenen Untergrund.

Sie hatte einst auch bei ihrem Sohn die kleinen schwarz-weiß-roten Dinger gefunden. Weil es verboten ist! Er war dreizehn. Viele Jahre her. Und er log. Weil er wollte, daß sie es herausfand. Immer wollte er, daß sie es herausfand. Daß sie sich darum kümmerte, ob er log oder nicht log.

Lassen Sie sofort diese Leute in Ruhe!

Sie hatte den jungen Mann auf den Zug zugehen sehen. Mit drei Frauen, jungen Frauen oder Mädchen, in Kopftüchern, fast zur Gänze in ihre schwarzgrauen Mäntel versteckt. Schwestern, Cousinen, junge Tanten, alles zusammen vielleicht. Und er bestellt, sie zu beschützen. Noch kein sehr alter Schnurrbart. Dichte Kinderwimpern mit dicken Brauen, von der Schwärze einer Rabenfeder. Eigentlich trugen sie dieselben Lederjacken. Man mußte aber genau hinsehen.

Wie spät? Zu spät. Der letzte Zug. Sie öffnete die Tür. Sah, wie die Geschorenen den jungen Mann und seine drei Dohlen nicht einsteigen ließen. Aussteigend drängten sie sie immer weiter zurück. Sonst gab es niemanden. Die Einsteigenden waren längst eingestiegen. Aus stieg ansonsten nur sie.

Nachts fährt kein Zug. Stundenlang. Sie liegt da, in der Ecke, und es kommt kein Zug. Nicht ein einziger. Nur das Licht brennt. Ihre Augen brennen.

Ich darf dieses gelbglänzende Licht nicht aus den Augen verlieren! Offenen Auges und bei Bewußtsein. Jemand wird kommen. In der dunklen Ecke ist sie nicht zu sehen. Nicht gleich. Sie müßte sich rühren. Etwas von sich geben. O Übelkeit der Übelkeiten! Ein Stöhnen füllt ihr den Mund.

Hinter den Lidern das Licht milde bläulich. Ihr Sohn, der nicht weiß, daß sie hier liegt. Niemand weiß, daß sie hier liegt. Nur die, die sie hierhergelegt haben, wissen, daß sie hier liegt. Weder die Freundinnen noch die Freunde. Auch nicht Robert.

Glück bricht aus. Zu denken, daß man Freundinnen haben kann, Freunde, und vor allem Robert. Unwissende Freundinnen und Freunde. Einen unwissenden Robert. Alle hat es sie gegeben, auch wenn es sie jetzt nicht gibt. Liebes, liebes Leben, du. Das Leben sitzt im Kopf, um den sich alles dreht. Sie hat sich gefreut. Oft und oft gefreut. Das darf niemand vergessen. Gefreut. Am Herzklopfen für Robert. Am Lachen mit dem Sohn. Auch geweint. Die Katze. Sich an der Katze gefreut. Geliebt, geschmeckt, gefreut.

Ich will nicht erlöst werden!

Der Schmerz hat nur Atem geschöpft. Sie muß die Augen schließen.

Wenn Sie den Mann nicht augenblicklich in Ruhe lassen!

Sie hatten ihn bis zum Stützpfeiler in der Mitte des Perrons zurückgedrängt, ihn mit kleinen Stößen vor sich hergetrieben.

Scheich, du! Ist das dein Harem? Die Dohlenmädchen umflatterten ihren Beschützer mit hohen Vogeltönen aus ihren Schreckensgesichtern. Im Blick einen letzten Widerschein von Rehgeißen, die dem Geweihschlag rivalisierender Böcke lauschen.

Frieden! Dem jungen Mann war der Schweiß ausgebrochen. Frieden! Er hob die Rechte zu einem Angebot, während er mit der Linken die Mädchen in die Flucht zu scheuchen versuchte.

Das geschorene Riesenbaby, dem das Kreuz vom Ohr baumelte, nahm die Hand, als schlüge es ein, und bog sie dem jungen Mann auf den Rücken, blitzartig. Das Erstaunen konnte sich gar nicht rasch genug im Gesicht ausbreiten.

Die Mädchen wandten sich endlich der Rolltreppe zu. Laßt sie gehen! Der mit dem schütteren Zopf am Hinterschädel schien Gefallen daran zu finden, sie nicht gehen zu lassen. Er faßte nach einem Kopftuch. Da brüllte der Boß. Nur als Boß durfte er so brüllen. Arschloch! Siehst du nicht, daß die stinken?!

Sie lachten. Auch der junge Mann lachte gequält. Wenigstens das würde ihm erspart bleiben, daß sie sich an den Seinen vergingen. Du lachst? Dir wird das Lachen schon vergehen! Links eine Ohrfeige, rechts eine. Die Rabenfeder steckte im Tanzbärengriff. So fotz ich dich bis in die Türkei!

Wenn Sie nicht endlich den jungen Mann in Ruhe lassen!

Sie hatten sie nicht beachtet, nicht einmal hingehört. Bis sie den einen, der ihrem Sohn von vor ein paar Monaten glich, am Ellbogen berührte. Er stutzte. Wie versteinert für einen Augenblick. Dann zog er langsam den Arm weg.

Der mit dem schütteren Zopf wandte sich nun an sie. Wen haben wir denn da?

Oma, verschwinde! Das Riesenbaby blinzelte sie aus schweren Tränensäcken an.

Noch gut in Schuß, die Oma! Der mit dem schütteren Zopf kam näher und näher. Und diese Ohrringel, stark!

Der Boß brüllte wieder. Arschloch! Graust dir vor gar nichts? Das Riesenbaby watschte noch immer, während die Dohlenmädchen angststill davonflatterten.

Schämen Sie sich nicht? Warum lassen Sie den jungen Mann nicht in Ruhe?

Das Riesenbaby grunzte. Watschte und grunzte. Während aus den Augen des jungen Mannes Verzweiflung und Tränen schossen.

Sehen Sie nicht, wie jung er ist?

Sie hatte keine Angst. Für sie waren das vernachlässigte Kinder.

Sie hätten ihre Söhne sein können, alle.

Aber drei Weiber ficken, das schon! Das Riesenbaby lieferte seine Schläge ab wie ein Tennisballautomat.

Aufhören!

Sie packte den, der ihrem Sohn von vor ein paar Monaten glich, am Arm.

So tun Sie doch endlich was!

Er riß den Arm hoch. Als sei sie ein Gespenst. In den Augen die helle Empörung. Gscht! machte er, wie bei einer Katze.

Wenn Sie den jungen Mann nicht sofort freigeben, rufe ich die Polizei!

Sie war wütend auf die Burschen, die alle ihre Söhne hätten sein können. Söhne, die nicht gehorchten. Und obendrein frech waren. Das mit der Polizei war ein Fehler gewesen. Sie war aufgebracht. Wenn ihr Sohn sich mit Freunden gerauft hatte, war sie auch dazwischengefahren. Balgen ja, aber ich will nicht, daß ihr euch haut!

Die Wut trieb ihr die Nässe in die Augen.

Seien Sie doch vernünftig!

Wider besseres Wissen – das war nicht ihr Sohn – griff sie erneut nach dem Arm dessen, der ihrem Sohn von vor ein paar Monaten glich. Sie rüttelte an seinem Arm, der Empörung nicht achtend, die in eisigen Haß umschlug, alten Haß, von wer weiß welcher Mutter, welchem Vater, längst in diesen Blick eingespeichert. Ein Haß, an dem lange gebrütet worden war, der sich nun in eine Faust verlagerte.

Das Licht spielt ins Rötliche, flackert an den Rändern, franst aus. Sie müßte sich rühren. Etwas von sich geben. Hilfe! Das hat sie wohl nur geträumt. Da ist niemand. Niemand, der hören könnte, was als Hauch ihrem Munde entsteigt. Kalt, so kalt. Friert sie überhaupt? Selbst für ihren Mittagsschlaf braucht sie eine leichte Decke. Dezember. In der Stadt liegt Schnee. Liegender Schnee im Dezember, kalt und ungewöhnlich. Den Verkehr behindernd. Nicht hier unten. Sie ist doch noch in der U-Bahn? In einer Ecke. Unter dem Fußgängerabgang? Sie hört keine Schritte. Warum auch, wenn nachts kein Zug fährt. Wie spät? Der Arm mit der Uhr liegt neben dem Körper, so schwer wie der Kopf, um den sich alles dreht. Die beiden müßten einander entgegenkommen. Der Arm wie gelähmt. Was heißt wie? Und der Kopf fällt sogleich in die Ausgangslage. Der Druck des Ohrgehänges zwischen Beton und Knorpel. Nie hat sie Ohrgehänge getragen. Erst seit sie fünfzig ist. Aus Spaß und weil sie ihr angeblich stehen. Jetzt drücken sie. Das eine, von dem ihr Kopf nicht hochzukriegen ist. Wieso kann sie es nicht abnehmen? Oder doch? Mit der Rechten. Die Anstrengung ist unvorstellbar. Alles, nicht nur der Kopf, tut ihr weh.

Sie hat in ihrem Leben genug versäumt. Wenn sie jetzt das Bewußtsein verliert, verliert sie. Sie weiß, daß es dann kein Zurück gibt. Das Buch der Tibeter. *O Sohn edler Familie, das, was Tod genannt wird, ist nun gekommen, also solltest du diese Haltung einnehmen!* Welche Haltung? Leben, liebes, sei so gut!

Sie steht morgens gerne auf, jeder Tag ist ihr recht. Und was sie nicht alles versäumt hat! Aber das ist es nicht. Sie möchte einen neuen Tag. Einen unscheinbaren, gewöhnlichen Arbeitstag. Was sie zeitlebens in diesen Kopf hineingestopft hat. Tut er deshalb so weh? Gelesen, gelesen und wieder gelesen. Das meiste vergessen. So gut wie nichts auswendig gelernt. Nur dieses. *Deine Seele, die die meine liebet, ist verwirkt mit ihr im Teppichtibet.* Nicht das Buch der Tibeter. Gewußt wo, heißt es im Abendland. Sie kann das Buch im Regal stehen sehen, dritte Reihe von oben, Mitte links.

Ist das Blut, was an ihrer Wange verkrustet, oder Erbrochenes? Der Schmerz bläst ihr pochend den Kopf auf. Als hätten die Ohrgehänge ihn besser zu verteilen gewußt, den ziehenden, peinigenden Schmerz.

Im eigenen Wesen ruhend, wie Wasser, das in Wasser gegossen ist, gelöst, offen und entspannt. Wenn das zu erreichen wäre. Statt dessen erinnerte Peinlichkeiten. Versagt, gescheitert, durchgefallen. Zuwenig gekämpft. Frieden! Was ist mit dem jungen Mann geschehen? Mit seinen Dohlenmädchen? Ob sie mit heiler Haut davongekommen sind? Mit heilem Kopf, wenn schon.

Der Boß, es muß wohl der Boß gewesen sein, der Führer, trug den seinen, einen geschorenen, in einem kleinen Eiermützchen, seinen Eierkopf in einem Norwegermützchen.

Weltanschauung! Dieses Wort hat sie immer erschreckt. Die Welt anschauen, darunter kann sie sich etwas vorstellen. Aber was ist eine Anschauung der Welt? Der vor Empörung klirrende Blick dessen, der ihrem Sohn von vor ein paar Monaten glich? Das entsetzte Zurückweichen der Pupillen hinter die Lider bei dem jungen Türken? Oder geht es darum, die Summe des Angeschauten und Angelesenen auf einen einzigen Nenner zu bringen?

Mir ist das nie gelungen!

Die Erfahrung des Gewesenen – eine Kette von Dafürhaltungen und Dawiderreden. Nicht so sehr, woran man glaubt, als was man alles so glaubt, ist der Skandal. Man glaubt, daß man weiß, aber man glaubt.

Woran glaube ich? An das Lachen vielleicht? Diese andere Art von Zähnezeigen? An die Anziehung? Ein Gefühl, das die Welt warm hält? Wie warm? Selbst das Riesenbaby, das bei jedem Schlag automatisch die Tränensäcke hochzieht, wird irgendwann eine Freundin haben. Ob diese Sohnesgleichen das Leben lieben? Oder wollen sie alle nur hoch hinaus? Am liebsten in eine andere Welt. Kennen die sich besser aus beim Sterben? Die so wenig Respekt vor Leibern haben? Sie weiß, wie es ist, zu gebären, und sie will nicht sterben. Aber was tun, wenn es soweit ist?

Wenigstens die Beine anziehen, den Körper ein wenig verschieben. Der Kopf ist die Lokomotive des Schmerzes, der ganze Körperzug drängt ächzend nach. Warum rührt sich nur das eine Bein?

Ein Bild, dessen heimliche Vertrautheit sie zu Tränen zwingt.

Nicht zum Weinen, das täte zu weh. Die löchrigen Schuhe des Dalai Lama. Einst als Foto um die Welt gegangen. Sie hat es im Herzen bewahrt. Die Mühsal des Weges. Die Löcher zeigen, daß viel gegangen worden ist. Keiner hat so wenig Chancen gehabt, ein anderer zu werden, als der, der er ist. Herr des Erbarmens und Sterbemeister. Sie hat mit zwölf ein Buch über ihn gelesen, ihn vergöttert. Geht es insgeheim darum, einverstanden zu sein mit dem Erlöschen des Schmerzes, dem Verstummen, Ertauben, Erblinden? Sich hinzugeben. An eine andere Wirklichkeit. In der Ich nicht bin. *Wie Wasser, das in Wasser gegossen ist?*

Der Schmerz läßt sie zu keinem Einverständnis kommen. Er will ihr kein Atemholen gewähren. Warum liegt sie überhaupt hier? Wer hat sie hier hingelegt? Verletzt, bewußtlos, ohne Hilfe. Wo sind sie alle? Der junge Mann, die Mädchen, die vier Geschorenen? Einer hatte einen schütteren Zopf am Hinterschädel. War da ein Schlag? Sie weiß es nicht. Und infolgedessen unglücklich gefallen? Die Theaterschuhe. Oder zwei Schläge? Einer für sie, die es gewagt hatte, den Schläger am Arm zu rütteln. Ein anderer für die Erinnerung, wer weiß welche Erinnerung, die sie unabsichtlich beschworen hatte.

Voller Entsetzen wirst du fliehen, wohin nur möglich, aber drei Abgründe vor dir werden dir den Weg abschneiden, weiß, rot und schwarz, tief und schauerlich, und es wird sein, als stürztest du jeden Augenblick in sie hinab. O Sohn edler Familie, es sind keine wirklichen Abgründe, es sind Aggression, Leidenschaft und Unverstand.

Robert, hörst du? Alle reden vom großen Licht. Da ist kein Licht, nur dieser grünliche Schein. Dieses grünliche Wispern. Ratten laufen an der Wand hinauf. Was gäbe sie nicht für ein bißchen wärmende Dunkelheit. Roberts Arme, Roberts Körper, Roberts Stimme. Warum ist er nicht hier?

Sie möchte morgen wieder an die Arbeit gehen. Morgen ist vielleicht nicht möglich. In absehbarer Zeit. Sie hat immer geglaubt, daß sie leben wird, solange sie mit vollkommener Zuwendung bei der Sache ist. Sie war vollkommen zugewendet, bis sie hier zu liegen kam. Jetzt stört der Schmerz die Zuwendung. Sie kann ihre Arbeit nicht im Stich lassen. Jetzt, wo sie endlich weiß, wie es geht. Zu wenig gekämpft, vielleicht. Aber bei der Sache geblieben. Nicht mit der Lanze geritten. Zu Fuß einen Umweg gemacht, die Straße vom Wald aus betrachtet. Den Wettkampf versäumt, viel gesehen. Sie kann es jetzt nicht einfach gut sein lassen.

Robert, wirf alles weg, was unfertig ist. Zeig es niemandem. Und sag unserem Sohn, daß er seinen Blick schärfen soll, in Liebe. Der Schmerz bläst den Kopf auf zu einem Ballon, der sich vom Körper reißt, um im Raum zu schweben. Ein Kopf, der schneller und schneller denkt, ein Kopf, bedrängt von der

Platzangst. Er hat keinen Platz mehr in der Ecke. Etwas drückt jetzt auf ihren Leib, der sich entleeren möchte.

Nicht auch das noch!

Schritte über ihr. Die Schritte schreiten dröhnend, immer dröhnender. Das Dröhnen sprengt ihr noch den Kopf. Aus dem Kopf dröhnen die Schritte. Die Katze wird auf der Fensterbank sitzen und schreien, bis Robert aus dem Ausland zurückkommt. Oder der Sohn zufällig vorbeischaut. Die Katze wird schreien, das Telefon läuten, der Briefträger klingeln.

Ich kann nicht sterben!

Die Angst fängt den Kopf wieder ein, verknüpft ihn mit dem Leib. Ihr Atem faucht durch den Knoten der Bedrängnis. Irgendwer versucht, ihr die Unterlage wegzuziehen, zerrt am Beton, darunter Tiefe mal Höhe mal Breite, der Raum.

Sie kann sich selber sehen im weißen Licht der beginnenden Frühe. Aber die Nacht ist nicht vorbei. Und das Licht ist kein Lichtstrahl, an dem sie emporgleiten könnte. Wo hinauf?

Der eigentliche Sinn des Lebens ist die Erfahrung von Glück! Der Dalai Lama lacht und lacht, bis Diesseits und Jenseits sich einander zukehren. In der Hand seines nackten Armes hält er eine Schädelschale, gefüllt mit Abzeichen.

Jemand beginnt ihren Körper zu schütteln. Der Kopf pendelt hin und her, beginnt zu kreisen. Ihr Gehirn wird dicker und dicker. Die vier Geschorenen schreiten hinter ihrem schwebenden Körper her. Der Boß schwingt den Weihrauchkessel an einer Fahrradkette. Das Riesenbaby wirft den Tennisball von der einen Hand in die andere Hand, immer von der einen Hand in die andere Hand. Der mit dem schütteren Zopf am Hinterschädel erzeugt rhythmische Schlürfgeräusche.

Doch der, der ihrem Sohn von vor ein paar Monaten gleicht, hat seinen Arm verloren und schweigt. Den Arm, der sie schlug? Sie erschrickt und versucht sich aufzurichten. Der Kopf weist kreisend in den Raum, aus ihm dröhnen die Schritte. Es ist Blut im Kopf, das keinen Platz findet. Warum kommt denn niemand? Wenn da jemand käme, der ihre Hand hielte. Nur für einen Augenblick. Die eine Hand, in der noch Leben ist. So viele Menschen überall, auf der Welt, in dem Land, in dieser Stadt, daß man sie raus haben will. Warum nicht einer hier bei ihr, der zu ihr sagte: *O Tochter edler Familie, laß deine Gedanken nicht wandern. Das, was Tod genannt wird, ist nun gekommen, also sollst du diese Haltung annehmen.* Sie kann sich an das Geschriebene nicht erinnern. Der Schmerz hat ihr Gedächtnis ausgeklinkt. Alles ist jetzt. Ihr Kopf, ihre tote Seite, der Raum, die Angst, die Nässe an den Beinen, deren eines sie angezogen hat. Das Ohrgehänge entgleitet ihrer Hand, die doch einer nehmen sollte, ein Mensch. Wenn zumindest eine streunende Katze sie leckte, eine Ratte darüberliefe. Eine Berührung noch, eine einzige, die letzte im Fleisch.

Da ist niemand. Auch keine Ratte. Nur Raum.

Ich bin einverstanden!

Sie sieht nichts mehr. Sie riecht nichts mehr. Sie schmeckt nichts mehr. Es berührt sie nichts mehr. Sie hört nichts mehr. Nur das Lachen des Dalai Lama.

»Man muß sich die Kunden des Aufbau-Verlages als glückliche Menschen vorstellen.«

SÜDDEUTSCHE ZEITUNG

Das Kundenmagazin der Aufbau Verlagsgruppe erhalten Sie kostenlos in Ihrer Buchhandlung und als Download unter www.aufbauverlagsgruppe.de. Abonnieren Sie auch online unseren kostenlosen Newsletter.

aufbau
VERLAGSGRUPPE

Barbara Frischmuth:

»... vielschichtig, humorvoll und zauberhaft verspielt« DIE PRESSE

Die Mystifikationen der Sophie Silber
Die märchenhafte Welt der Feen und Waldgeister ist in diesem phantastischen Roman auf wunderbare Weise mit der Geschichte Sophie Silbers verwoben. Die Schauspielerin ist der einzige menschliche Gast eines merkwürdigen Kongresses, auf dem die Geister den Dialog zu den Menschen suchen.
»... voll Dramatik und voll wunderbarer Intensität.« DIE PRESSE
Roman. 318 Seiten. AtV 1795

Amy oder Die Metamorphose
Eines Tages erwacht die Fee Amaryllis Sternwieser, die man bereits aus dem Roman »Die Mystifikationen der Sophie Silber« kennt, als junge Frau. Von nun an heißt sie Amy Stern, ist Studentin, jobbt als Serviererin und möchte unbeteiligte Beobachterin der Menschen bleiben. Bald jedoch verstrickt sie sich in eine Liebesbeziehung und die Schicksale anderer. Eine Frau, erkennt sie, teilt ihre Probleme mit allen Frauen.
Roman. 298 Seiten. AtV 1826

Kai und die Liebe zu den Modellen
Als Amy Stern schwanger wurde, entschied sie sich, ihr Kind zu bekommen. Jetzt lebt sie mit Kai weitgehend allein, denn sein Vater ist einer der Männer, die meinen, daß ihnen ein landläufiges Familienleben zu wenig Spielraum bietet. Amy hat sich eingerichtet in der Situation, zufrieden ist sie nicht, und so denkt sie sich Modelle aus, wie man auf neue Art zusammenleben könnte.
Roman. 217 Seiten. AtV 1914

Die Ferienfamilie
Für den Sommer zieht Nora mit ihrem eigenen Kind, dem Sohn ihres ersten Mannes und ihrer Nichte in ein Ferienhaus. Die Verhältnisse dieser Ferienfamilie scheinen kompliziert, aber verworrene Beziehungen sind die Kinder gewöhnt. Höchst unterhaltsam werden die Erfahrungen der Scheidungskinder wie die Unsicherheit der Erwachsenen beschrieben. »Ein amüsanter, leicht lesbarer und ein bißchen trauriger Sommerroman.« EXTRABLATT
Roman. 102 Seiten. AtV 1723

Mehr unter
www.aufbau-verlagsgruppe.de
oder bei Ihrem Buchhändler

aufbau taschenbuch
AUFBAU VERLAGSGRUPPE

Barbara Frischmuth:

»Eine außergewöhnliche Menschengestalterin« N.Z.Z.

Herrin der Tiere
Die junge Frau vom Gestüt hat den verwegenen Traum, in eine Männerdomäne einzudringen, Rennen zu fahren und Trainerin zu werden. Dafür hat sie alles aufgegeben, nur die unbewußte Sehnsucht nach einer neuen Liebe läßt sich nicht unterdrücken.
»Diese Geschichte der Emanzipation einer Frau, die mit der ihr eigenen Bockigkeit ihren Weg geht, wird unprätentiös erzählt, doch zugleich geht von ihr eine magische Ausstrahlungskraft aus.« Mannheimer Morgen
Erzählung. 136 Seiten. AtV 2043

Einander Kind
Die Lebenslinien von Regula, Vevi und Trudi kreuzen einander, entfernen sich zeitweise und ergeben immer neue Variationen von Liebe, Geburt, Unglücksfällen, Rettung und Tod. Unter glücklichen wie schlimmen Umständen finden die drei Frauen die Kraft, sich umeinander und andere zu kümmern, als wäre man einander Kind.
»Beklemmend wie ein Psychothriller der Highsmith, komisch wie eine Geschichte von Irmgard Keun und doch durch und durch nüchtern.« F.A.Z.
Roman. 233 Seiten. AtV 1634

Die Schrift des Freundes
Unter merkwürdigen Umständen lernt Anna, eine eher nüchterne junge Computerspezialistin, Hikmet kennen. Als er plötzlich verschwindet, will niemand ihn gekannt haben. Es scheint, daß seine Zugehörigkeit zu den Aleviten, einer antidogmatischen islamischen Glaubensgemeinschaft, mit dem Verschwinden zusammenhängt und daß Anna irgendwie schuldig ist. Ein »High-Tech-, Wien-, Liebes-, Gesellschafts- und Kriminalroman, voll von neuer Alltagsrealität.« Die Zeit
Roman. 352 Seiten. AtV 1387

Das Verschwinden des Schattens in der Sonne
Erwartungsvoll reist eine Studentin der Orientalistik in die Türkei, um für ihre Dissertation über einen geheimnisvollen Orden zu recherchieren. Doch so freundlich man sie aufnimmt – sie stößt auf Schweigen. Ausgehverbote und Verhaftungen lassen sie begreifen, daß die Wirklichkeit wenig gemein hat mit ihren märchenhaften und mystischen Vorstellungen. Nach und nach ahnt sie, warum manches im verborgenen geschehen muß.
Roman. 192 Seiten. AtV 1653

Mehr unter
www.aufbau-verlagsgruppe.de
oder bei Ihrem Buchhändler

aufbau taschenbuch
AUFBAU VERLAGSGRUPPE

Frauengeschichten, die unter die Haut gehen

NINA DE GRAMONT
Von Katzen und Männern
Rätselhafte Katzen schleichen durch Nina de Gramonts vielgelobte Erzählungen. Sie enthüllen je ein Geheimnis, das zwischen einem Mann und einer Frau steht. »Sowohl Männer als auch Katzen machen immer den besten Stuhl ausfindig. Sie lassen sich hineinplumpsen und erheben sich daraus nur widerwillig. Nach der Lektüre von Nina de Gramonts Buch könnten Ihnen noch mehr Gemeinsamkeiten zwischen den beiden Spezies ins Auge fallen.«
RITA MAE BROWN
Erzählungen. Aus dem Amerikanischen von Oliver Wolfskehl. 272 Seiten. AtV 2022

BARBARA KROHN
Rosas Rückkehr
Rosa Liebmann kehrt nach fast zwanzig Jahren zurück nach Deutschland. Während sie auf den Zug in ihren Heimatort, das Ostseebad Scharbeutz, wartet, entdeckt sie ihre Mutter in den Armen eines fremden Mannes. Doch damit nicht genug: Auf ihrem ersten Spaziergang an der Ostsee findet sie ihren Vater, den stadtbekannten Herzensbrecher, erschossen in seinem Strandkorb.
»Ich habe dieses Buch nur zum Essen und Schlafen aus der Hand gelegt.« INGRID NOLL
Roman. 278 Seiten. AtV 1941

VONNE VAN DER MEER
Inselgäste
Ein Häuschen auf einer Insel im Wattenmeer. Die Saisongäste geben einander die Klinke in die Hand. Und was sie nicht alles treiben! So manches Mal wünschte sich die Putzfrau, daß die Wände reden könnten. Doch ihr Wunsch bleibt unerfüllt. Zeuge jener Träume und Geheimnisse, die die Gäste im Haus »Dünenrose« mit sich herumtragen, wird allein der Leser.
»Unbedingt im Strandkorb lesen.«
MARIE CLAIRE
Roman. Aus dem Niederländischen von Arne Braun. 208 Seiten. AtV 1840

BARBARA VOORS
Klaras Tagebuch
Saskia van Ammer führt ein glückliches Leben, bis ein Unfall ihre mühsam verdrängte Vergangenheit wieder wach werden läßt: Erinnerungen an einen Todesfall und an ihre Zwillingsschwester Klara, die seit zehn Jahren verschwunden ist. In den schwedischen Schären warten nicht nur Klaras Tagebücher auf sie, sondern auch Kriminalinspektor Adolfsson.
»Ein spannendes Buch.«
MARIANNE FREDRIKSSON
Roman. Aus dem Schwedischen von Gisela Kosubek. 302 Seiten. AtV 1835

Mehr unter
www.aufbau-verlagsgruppe.de
oder bei Ihrem Buchhändler

aufbau taschenbuch
AUFBAU VERLAGSGRUPPE

Literatur der Gegenwart: Zwischen Traum und Realität

BARBARA FRISCHMUTH
Die Entschlüsselung
»Wie ein minuziös recherchierter Kriminalroman führt das Buch in die furchtbar schöne Steiermark mit ihren Originalschauplätzen der nicht allzu lang vergangenen Nazi-Geschichte und weiter zurück in die mythische Vorzeit der Druiden.«
NEUE ZÜRCHER ZEITUNG
»Barbara Frischmuth verdreht dem Leser mit einem ungewöhnlichen literarischen Puzzle den Kopf.«
DEUTSCHLANDRADIO
195 Seiten. AtV 1943

HANSJÖRG SCHERTENLEIB
Von Hund zu Hund
Geschichten aus dem Koffer des Apothekers
»Die Geschichten enthalten ein Geheimnis, das Schertenleibs lakonische Beschreibungsprosa um neue, fast kafkaeske Nuancen bereichert. Manchmal verdichten sich die Alltagsdetails und spröden Aussagesätze zu einer somnambulen Magie.« TAGESANZEIGER
208 Seiten. AtV 1912

LENKA REINEROVÁ
Das Traumcafé einer Pragerin
In all ihren Erzählungen beschreibt Lenka Reinerová, eine der letzten Zeitzeuginnen der Emigration, Stationen ihres Lebens – das Prag der 30er Jahre, das Exil in Frankreich und Mexiko, den Stalinismus in den 50ern und jüngste Erfahrungen. Trotz aller bitteren, furchtbaren Geschehnisse sind es menschen- und lebensfreundliche Erinnerungen, weise und wehmütig. 2003 erhielt Lenka Reinerová mit Jorge Semprún die Goethe-Medaille des Goethe-Instituts Inter Nationes.
Erzählungen. 269 Seiten. AtV 1168

KLAUS SCHLESINGER
Trug
Klaus Schlesinger treibt ein perfektes, suggestives Vexierspiel um zwei Identitäten und zwei Lebensentwürfe im geteilten Deutschland.
»Schlesingers letzter Roman schließt auf eine paradoxe Weise Anfang und Ende eines Lebenswerks zusammen. Schlesinger ist ein begnadeter Erzähler gewesen.«
FRANKFURTER RUNDSCHAU
Roman. 190 Seiten. AtV 1785

Mehr unter
www.aufbau-verlagsgruppe.de
oder bei Ihrem Buchhändler

aufbau taschenbuch
AUFBAU VERLAGSGRUPPE

Homöopath, Mystikerin, Päpstin: Legendäre Leben der Vergangenheit

GUIDO DIECKMANN
Die Gewölbe des Doktor Hahnemann
Der erste Roman über den legendären Begründer der Homöopathie. Sachsen im Jahre 1765: Auf der Albrechtsburg träumt der junge Samuel Hahnemann, Sohn eines Porzellanmalers, davon, ein berühmter Arzt zu werden. Schon früh ist er von den dunklen Seiten der Medizin fasziniert und unternimmt alles, um an eine verschollen geglaubte Schrift des Paracelsus zu gelangen.
Roman. 473 Seiten. AtV 2011

GABRIELE GÖBEL
Die Mystikerin – Hildegard von Bingen
Am Allerheiligentag des Jahres 1106 wird ein kleines Mädchen in einem weißen Kleid auf den Disibodenberg bei Bingen geführt. Hier, wo einst irische Mönche ein Kloster errichteten, soll die kränkliche Hildegard, das zehnte Kind einer Adelsfamilie, ihr Leben Gott weihen. Schon wenig später hat die junge Frau einen legendären Ruf als Heilerin und Seherin.
Roman. 448 Seiten. AtV 1993

INEZ VAN DULLEMEN
Die Blumenkönigin
Ein Maria Sibylla Merian Roman
Maria Sibylla Merian (1647-1717) war schon als Kind von Blumen und Schmetterlingen fasziniert. Der Stiefvater erkannte die künstlerische Begabung und bildete sie in der Malerei aus. Im Aquarellieren erlangte sie Meisterschaft und hielt die Wunder der Natur auf Pergament fest. Die Krönung ihres Lebenswerkes war eine Reise in den Regenwald, wo sie Flora und Fauna studierte.
Aus dem Niederländischen von Marianne Holberg. 255 Seiten. AtV 1913

INGEBORG KRUSE
Johanna von Ingelheim
Eine Statue, die der Vatikan 1550 in Rom entfernen ließ, zeigte eine Frau mit einem Neugeborenen im Arm. Im Volksmund wurde sie »Päpstin Johanna« genannt. Wer war diese legendäre Johanna von Ingelheim, die als junger Mönch in das Kloster Fulda eintrat und die sich anmaßte den Papstthron zu besteigen?
Eine Biographie. 265 Seiten. AtV 8074

Mehr unter
www.aufbau-verlagsgruppe.de
oder bei Ihrem Buchhändler

aufbau taschenbuch
AUFBAU VERLAGSGRUPPE